SUR L'INTRODUCTION

D'ESPÈCES MÉRIDIONALES

DANS LA

FAUNE MALACOLOGIQUE

DES ENVIRONS DE PARIS

PAR

A. LOCARD et L. GERMAIN

Présenté à l'Académie des Sciences, Belles-Lettres et Arts
de Lyon
dans sa séance du 3 Novembre 1903.

LYON

A. REY, IMPRIMEUR DE L'ACADÉMIE
4, RUE GENTIL, 4

1903

SUR L'INTRODUCTION D'ESPÈCES MÉRIDIONALES

DANS LA

FAUNE MALACOLOGIQUE

DES ENVIRONS DE PARIS

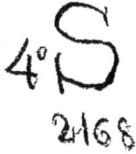

SUR L'INTRODUCTION

D'ESPÈCES MÉRIDIONALES

DANS LA

FAUNE MALACOLOGIQUE

DES ENVIRONS DE PARIS

PAR

A. LOCARD et L. GERMAIN

Présenté à l'Académie des Sciences, Belles-Lettres et Arts
de Lyon
dans sa séance du 3 Novembre 1903.

LYON

A. REY, IMPRIMEUR DE L'ACADÉMIE

4, RUE GENTIL, 4

1904

SUR L'INTRODUCTION D'ESPÈCES MÉRIDIONALES

DANS LA

FAUNE MALACOLOGIQUE

DES ENVIRONS DE PARIS

La présence d'espèces malacologiques faisant normalement partie de la faune méditerranéenne a déjà été signalée plusieurs fois en divers points de la France, et notamment aux environs de Paris[1], de Lyon[2] et d'Angers[3]. Jamais cependant ces introductions n'ont pris, à notre connaissance du moins, un développement aussi considérable que celui dont nous avons été témoins, depuis quelques années, aux environs de Paris. Estimant qu'il serait intéressant pour l'histoire malacologique du Bassin parisien de signaler des faits aussi curieux, nous nous proposons dans ce travail, de relever la liste déjà assez longue de ces espèces, d'étudier les modifications qu'elles ont pu subir sous l'influence de milieux nouveaux, enfin de rechercher les causes qui ont pu présider à leur mouvement migratoire.

[1] Locard (A.), 1895. Notices conchyl., XXXV. Une nouvelle station d'espèces méridionales dans le Nord de la France, in L'Echange, XI, p. 121-122,

[2] Locard (A.), 1878. Note sur migrations malacol. env. Lyon, Lyon, gr. in-8, 28 p. — Locard (A.), 1882. Contrib., IV. Sur la présence espèce méridionale faune malacol. Lyon, gr. in-8, 24 p.

[3] Germain (L.), 1903. Etude Mollusques Maine-et-Loire, Nantes, Introd. VI, p. 36-42.

A. L.   1

CATALOGUE DES ESPÈCES

Groupe de l'*H. Pisana.*

Helix Pisana, MÜLLER.

Helix Pisana, Müller, 1774. *Verm. Hist.,* II, p. 60. — Locard, 1882. *Prodr.,*
p. 118. — Locard, 1894. *Coq. terr.,* p. 80, fig. 93.

Une colonie populeuse de l'*Helix Pisana* habite les bords
de la Marne, à Charenton. La coquille, bien typique, comme
galbe et comme taille (elle atteint 18 millimètres de hauteur pour 23 millimètres de diamètre), présente, dans le test
et l'ornementation de très notables différences avec les
échantillons de l'Algérie et du Midi. Le test, plus mince, est
monochrome, blanc brillant, rosé à l'intérieur, orné d'un
bourrelet rose bien apparent, absolument semblable à celui
des *Helix Carpiensis,* Let. et Bourg.[1], et *H. Bertini,*
Bourg.[2], du Midi de la France. Nous verrons plus loin qu'il
n'en a pas toujours été ainsi.

L'*H. Pisana* vit sur les bords de la Marne, le long des
talus de la levée, sur un espace assez restreint, s'étendant
depuis le pont de Charenton jusqu'aux îles qui encombrent,
plus haut, le lit de la rivière. On le rencontre, grimpant sur
les tiges sèches des arbustes et des hautes herbes. Pendant
longtemps nous n'avions pu connaître le mode d'introduction de ce Mollusque, lorsque M. J. Mabille nous a donné
le mot de l'énigme. L'histoire de l'introduction de l'*H.*

[1] Letourneux et Bourguignat, 1887. *Prodr. malacol. Tunisie,* p. 80 et
p. 81. — Locard, 1894. *Coq. terr.,* p. 89. — L'*H. Carpiensis,* qui habite également le Portugal (Locard), la Tunisie (Letourneux), a été constaté jusqu'en Syrie aux environs de Beyrouth.
[2] Bourguignat, *in* Locard, 1882. *Prodr.,* p. 103 et p. 329. — Locard,
1894. *Coq. terr.,* p. 89.

Pisana est, nous dit-il, bien simple : Un de mes amis, vers 1868, avait rapporté d'un voyage dans le Midi un grand panier de ces *Helix* dans le seul but de les manger ; il tomba malade et sa cuisinière incriminant les malheureux *Helix*, les jeta sur le talus de la Marne, devant le dépôt des omnibus où, rencontrant un terrain très propice, ils ont fort bien prospéré[1]. Dans les premiers temps, les individus étaient fasciés comme ceux du Midi, de grande taille et assez souvent déformés. Aujourd'hui, les individus fasciés ont entièrement disparu, quoique la colonie soit très prospère ; elle a pu supporter le terrible hiver de 1880 et multiplier beaucoup.

La présence de cette espèce à Charenton est des plus curieuses, l'*H. Pisana* s'acclimatant très difficilement dans les localités où l'influence maritime ne se fait pas sentir. Elle est très répandue dans toutes les régions méditerranéennes où nous la connaissons en Espagne, en Portugal[2], en Algérie, en Tunisie, en Italie, en Syrie, etc... En France, elle remonte le long des côtes de l'Atlantique (Charente-Inférieure, Loire-Inférieure, Côtes-du-Nord). On l'a rencontrée accidentellement à Lyon.

Helix Pisanella, Servain.

Helix Pisanella, Servain, 1880. *Moll. Esp., Port.*, p. 113 *(sine descr.).* — Locard, 1894. *Coq. terr.*, p. 88.

Cette espèce habite avec la précédente sur les bords de la

[1] Le Dr Jousseaume (Faune malacol. environs de Paris, *in Bull. Soc. Zool. France*, 1877, p. 217) signale le *Theba Pisana* de la façon suivante : « Cette remarquable espèce a été découverte, il y a quelques jours, à Charenton par M. Kopperborn, qui nous en a rapporté plusieurs individus de différents âges ; il l'a rencontrée sur les bords du canal, à peu de distance de la station du tramway. Il n'est pas douteux que cette espèce, actuellement acclimatée aux environs de Paris, y ait été importée depuis très peu d'années. J'ai visité avant 1870, la localité où elle se trouve, et je puis certifier qu'elle n'y existait pas à cette époque. »

[2] On rencontre aux environs de Cascaès en Portugal, de Tozer en Tuni-

Marne, à Charenton. Elle y est bien typique et possède le même test blanc jaunâtre monochrome, un peu brillant. L'*Helix Pisanella* a été introduit avec l'*H. Pisana*, mais il est moins commun.

L'*H. Pisanella* vit normalement sur tout le littoral méditerranéen; il remonte sur les côtes océaniques françaises, notamment dans le département de la Charente-Inférieure. En dehors de la France, nous le connaissons en Portugal (Locard), en Espagne (Servain), en Algérie et en Tunisie (Berthier, Letourneux et Bourguignat).

Helix Cuttati, BOURGUIGNAT.

Helix Cuttati, Bourguignat, *in* Letourneux et Bourguignat, 1887. *Prodr. Malacol. Tunisie*, p. 80 *(sine descr.).* — Locard, 1894. *Coq. terr.*, p. 88.

L'*Helix Cuttati* vit à Charenton, sur les bords de la Marne, en compagnie des *H. Pisana* et *H. Pisanella ;* il présente le même test monochrome et le même *modus vivendi* que ces deux espèces avec lesquelles il a été introduit.

Une forme *minor*, ne dépassant pas 15 millimètres de diamètre pour 12 millimètres de hauteur, habite sur le tronc des arbres, dans la petite île des Cygnes, à Grenelle, dans Paris même. Cette coquille, qui est évidemment une forme dégénérée, a pu être amenée par les bateaux marchands qui font le service entre le Havre et Paris. L'*H. Cuttati* est, en effet, une forme du littoral méditerranéen qui remonte volontiers le long des côtes de l'Océan Atlantique ; nous le connaissons également du Portugal (Locard), de l'Espagne (Bourguignat) et de la Sicile.

---

sie et de Beyrouth en Syrie, une variété à laquelle Bourguignat a donné le nom de var. *Thusurosi* (Letourneux et Bourguignat, 1887. *Prodr. malacol. Tunisie*, p. 81).

Groupe de l'*H. limbata.*

Helix limbata, DRAPARNAUD.

Helix limbata, Draparnaud, 1805. *Hist. Moll.,* p. 100, pl. 6, fig. 29. — Locard, 1894. *Coq. terr.,* p. 105, fig. 122-123.

Forme typique, d'un galbe assez constant; outre le type, avec un test assez solide, mince, d'un blanc jaunâtre, orné d'une bande blanche sur la carène, on rencontre fréquemment la var. *Sarratina,* Moq.-Tand., de couleur fauve, plus ou moins foncé.

Très répandu dans le bois de Clamart, le long du mur du parc aérostatique de Meudon, entre la fontaine Sainte-Marie et l'étang de Trivaux, presque exclusivement sous les feuilles de *Rubus.* Cette espèce, qui a été introduite vers 1872 par M. Arthon, s'est très rapidement développée dans toute cette région où elle semble définitivement acclimatée.

Cette forme d'origine méridionale se retrouve aujourd'hui dans presque toute la France littorale et centrale, depuis la région pyrénéenne jusque dans le Calvados où elle aurait été introduite par de l'Hopital ; on l'a signalée dans le Maine-et-Loire, la Sarthe, l'Allier, la Mayenne, les Deux-Sèvres, la Vienne et, plus au sud, dans l'Ariège, le Gers et la Haute-Garonne.

Groupe de l'*H. Terveri.*

Helix Augustiniana, BOURGUIGNAT.

Helix Augustiniana, Bourguignat, *in* Servain, 1880. *Moll. Esp. Port.,* p. 73. — Locard, 1894. *Coq. terr.,* p. 208, fig. 269-270.

Le type de cette espèce a été découvert en Algérie, près de Bône, sur les ruines de l'ancienne Hippone. Le seul échantillon de la plaine Saint-Denis que nous possédions est bien typique ; il porte, sur le milieu du dernier tour, une très étroite bande à peine colorée, peu distincte. Nous avons observé cette même var. *zonata* chez des échantillons de Menton (Alpes-Maritimes) et de Saint-Affrique (Aveyron).

En France, nous connaissons l'*Helix Augustiniana* dans les départements des Alpes-Maritimes, du Var, des Bouches-du-Rhône, du Gard et de l'Aveyron, où il vit en colonies assez populeuses, mais localisées ; il remonte, assez rarement, le long de l'Atlantique et de la Manche. M. le Dr Servain a signalé, aux environs de Badajoz, en Espagne, une forme *minor* de cette espèce qui habite également les environs de Bône, en Algérie (Westerlund).

Helix limbifera, LOCARD.

Helix limbifera, Locard, 1894. *Coq. terr.*, p. 209.

L'*Helix limbifera* possède, autour de Paris, un galbe un peu plus élevé et une taille un peu plus petite que le type du Midi de la France. Le test est assez brillant, blanchâtre ou jaunacé, un peu épais, crétacé, très généralement orné d'une seule bande carénale brune, brillante, étroite, avec quelquefois deux ou trois bandes infra-carénales peu apparentes. On rencontre également à Gentilly, une var. *unicolor*. Diam. : 14-17 millim. ; haut. : 9-12 millim.

Çà et là, sur les talus exposés au Midi ; grimpe sur le *Centaurea calcitrapa*, Lin. et le *Carduus tenuiflorus*, Lin. : champs près le fort de Bicêtre ; sur les luzernes, dans les champs, près le fort de Montrouge ; talus à Gentilly ; talus des fortifications, porte de Patay ; bords de la Marne, entre le confluent et Charenton. Dans cette dernière localité, les échantillons sont plus typiques et ornés de bandes subtransparentes assez larges, parfois partiellement soudées ; on y rencontre également une var. *minor* ne mesurant que 13-14 millimètres de diamètre pour 9 millimètres de hauteur.

Nous connaissons l'*H. limbifera* dans les départements des Alpes-Maritimes, du Var, des Bouches-du-Rhône, de Vaucluse, des Pyrénées-Orientales, des Basses-Pyrénées et de la Gironde. D'après la collection Bourguignat, cette espèce remonte le long des côtes océaniques de France. Elle se retrouve aussi en Portugal (Locard).

Helix terraria, LOCARD.

Helix terraria, Locard, 1894. *Coq. terr.*, p. 209.

Nous possédons deux échantillons de cette espèce, recueillis sur les luzernes, dans un champ, près le fort de Montrouge. Ils sont de petite taille, assez typiques, à spire très surbaissée; le test est blanchâtre; l'un des individus possède six bandes brunes : une bande supra-carénale, très large, continuée en dessus et cinq infra-carénales étroites; l'autre coquille n'a qu'une bande supra-carénale étroite, continuée en dessus. Diam. : 14-15 1/2 millim. ; haut. : 9 1/4-9 1/2 millim.

Nous avons recueilli récemment dans les carrières d'Arcueil, près l'Aqueduc, de magnifiques échantillons de cette espèce, mesurant 17 millimètres de diamètre pour 12 millimètres de hauteur, ornés de trois larges fascies brunes subtransparentes : une fascie supra-carénale continue en dessus et deux infra-carénales, plus développées, presque soudées aux environs de l'ouverture.

L'*Helix terraria* nous est connu dans les départements des Alpes-Maritimes, du Var, des Bouches-du-Rhône, de Vaucluse, du Gard et de l'Hérault; il habite également le Portugal (Locard).

Helix leviculina, LOCARD.

Helix leviculina, Locard, 1894. *Coq. terr.*, p. 210.

Le type de cette espèce, si reconnaissable à son galbe

très déprimé, légèrement tectiforme, presque plan en dessus, habite sur les plantes sèches des bords de la mer, aux Catalans, à Marseille. La coquille des rives de la Marne, à Charenton, est une forme *minor* mesurant de 9 à 12 millimètres de diamètre pour 6 1/2 à 7 1/2 millimètres de hauteur. Elle est bien typique et présente un test blanc crétacé, un peu épais, orné de deux à cinq bandes brunes étroites, la première, parfois continuée en dessus[1]. Nous connaissons cette forme *minor*, de Nice, d'Orgon, d'Arles.

Nous avons également recueilli à Arcueil, près de l'Aqueduc, un échantillon mesurant 15 millimètres de diamètre pour 10 millimètres et demi de hauteur, au test blanc, finement strié, orné d'une bande marron clair, légèrement subcarénale et de deux bandes infra-carénales, très étroites, presque obsolètes aux environs de l'ouverture, qui se rapproche beaucoup plus du type de la station des Catalans, à Marseille.

Le type de l'*Helix leviculina* n'a encore été signalé que dans les Alpes-Maritimes, le Var, les Bouches-du-Rhône et le Lot-et-Garonne.

Groupe de l'*H. Jusiana*.

Helix Jusiana, Bourguignat.

Helix Jusiana, Bourguignat, *ap.* Locard, 1885. *In Bull. Soc. Malacol.*, II, p. 76. — Locard, 1894. *Coq. terr.*, p. 210, fig. 271-272.

Cette espèce, si reconnaissable à son galbe globuleux, un peu conique en dessus et à son test blanc brillant porcelanisé, est très rare aux environs de Paris. Le seul échantillon que nous possédons est bien typique ; son test blanc un peu brillant, est très finement striolé, légèrement jaunâtre en

[1] Chez la coquille du Midi, le nombre des bandes ornementales varie entre 6 et 8.

dessous et rosé aux environs de l'ouverture qui est garnie d'un fort bourrelet fauve, roux clair. Diam. : 10 millim. ; haut. : 13 millim.

Buissons de clôture, en haut du talus du chemin de fer de Ceinture, rue Regnault à Paris même.

Nous connaissons cette coquille des départements du Var, des Bouches-du-Rhône, de Vaucluse, du Gard et de l'Hérault. Elle est également acclimatée à Lyon. M. Westerlund l'a retrouvée, en Algérie, à l'état fossile.

Helix Salentina, H. Blanc.

Helix Salentina, H. Blanc, *in* Locard, 1885. *In Bull. Soc. Malacol.*, II, p.73.
— Locard, 1894. *Coq. terr.*, p. 211.

Nous en avons recueilli de magnifiques échantillons parfaitement adultes, à Choisy-le-Roi, rue de la Pépinière. Ces coquilles sont bien typiques, de taille petite ou moyenne; leur test est blanc jaunâtre brillant, agrémenté, sur le dernier tour, de zones fauves plus transparentes que le reste de la coquille, parallèles aux stries qui sont fines et assez régulières; l'ouverture présente un bourrelet interne brun-roux assez développé et bien coloré. Diam. : 15-18 millim.; haut. : 12-14 millim. Comme dans les échantillons de Lyon[1], nous avons observé fréquemment un double bourrelet interne.

Vit sous les touffes d'orties, en compagnie de l'*Helix ericetorum*, Müll., rare : Choisy-le-Roi, rue de la Pépinière, passage à niveau du chemin de fer du P.-L.-M., sur la route de Créteil; Arcueil, chemin près de l'aqueduc, en allant vers les carrières.

L'*H. Salentina* est une forme méridionale répandue en Italie, en Sicile, en Espagne, en Grèce et en Algérie. En

[1] Locard (A.), 1885. Matér. hist. Malacol., IV, *in Bull. Soc. Malacol. France*, II, p. 76.

France, nous la connaissons des départements des Alpes-Maritimes, des Bouches-du-Rhône, de Vaucluse, du Gard, de la Drôme, de la Corrèze, du Lot-et-Garonne et de la Vendée.

En 1840, elle avait été observée par Terver à Lyon, dans la presqu'île de Perrache et aux Étroits; il la désignait sous le nom d'*H. variabilis;* elle semblait disparue, mais à partir de 1870, elle s'est acclimatée définitivement dans un autre quartier, sur les talus du cours Lafayette au voisinage du chemin de fer.

Helix calculina, LOCARD.

Helix calculina, Locard, 1894. *Coq. terr.*, p. 211.

Le seul échantillon, de Gentilly, que nous possédons est bien typique; son test est blanc jaunâtre, un peu brillant, surtout en dessous, orné d'une vague bande supra-carénale blanchâtre, à peine sensible. Diam. : 14 millim.; haut. : 13 millim.

L'*Helix calculina* est une espèce peu commune, que l'on rencontre surtout dans les départements méridionaux (Alpes-Maritimes, Var, Bouches-du-Rhône, Vaucluse, Gard, Lot-et-Garonne), mais qui remonte un peu le long des côtes de l'Atlantique (Charente-Inférieure, Vendée).

Helix acomptia, BOURGUIGNAT.

Helix acomptia, Bourguignat, 1864. *Malacol. Algérie*, I, p. 218, pl. 24, fig. 17-21. — Locard, 1894. *Coq. terr.*, p. 212.

Cette forme, si particulièrement globuleuse-conique, au test porcelanisé, a été signalée pour la première fois en Algérie par le regretté Bourguignat. Nos échantillons, trouvés à Lagny-Thorigny, sur les talus du chemin de fer, à

environ 300 mètres à l'ouest de la gare, sont absolument
conformes à d'autres individus de l'Hérault et de la Charente-Inférieure ; ils sont plus petits que ceux d'Algérie et
ne dépassent pas 15 millim. de diamètre ; sur l'un d'eux on
distingue en dessous des traces apparentes de trois bandes
roux-clair, les deux plus inférieures très étroites et continues, la supérieure plus large et plus confuse, s'atténuant
complètement à partir du milieu du dernier tour. Nous
désignerons cette variation de coloration sous le nom de
var. *zonula.* Cette variation n'est pas très rare chez l'*Helix
acomptia :* c'est une des formes d'*Helix* à test porcelanisé
qui ont le plus de tendance à avoir des bandes colorées
visibles seulement en dessous du dernier tour de la coquille ;
nous l'avons observée sur des échantillons provenant
d'Hyères, Palavas, Saint-Martin-de-Ré, Cabourg, mais
uniquement chez la var. *minor.*

Cette espèce algérienne a été retrouvée en France dans
plusieurs stations fort dispersées, où elle constitue des
colonies peu populeuses : nous la connaissons dans les
départements de Vaucluse, Aude, Hérault, Haute-Garonne,
Aveyron, Lozère, Charente, Charente-Inférieure, Calvados, etc.

Helix acomptiella, LOCARD.

Helix acomptiella, Locard, 1894. *Coq. terr.,* p. 212, fig. 275-276.

Cette espèce vit, aux environs de Paris, en colonies assez
dispersées, médiocrement populeuses. Les échantillons, bien
typiques, sont parfaitement conformes à la figuration citée
dans notre synonymie. Comparés aux types algériens, ils
présentent un test moins blanc, moins brillant, beaucoup
moins épais et crétacé. l'*Helix acomptiella* atteint parfois,
notamment à Charenton, une forte taille, son galbe restant

d'ailleurs parfaitement typique, bien conique en dessus.
Diam. : 13-16 1/2 millim.; haut. : 12-14 millim. Nous avons
recueilli, sur les Luzernes, près le fort de Montrouge, une
variété *minor* presque un tiers plus petite (Diam. :
10-11 millim.; haut. : 8-10 millim.)

Peu commun; de préférence sur les Ombellifères : Paris;
Square Alboni à Passy; talus des fortifications près la gare
d'Orléans; champs et talus à Gentilly; Montrouge; Choisy-
le-Roi, près du passage à niveau du P.-L.-M.; bords de la
Marne à Charenton; la plaine Saint-Denis; Arcueil, carrières, près de l'aqueduc.

L'*H. acomptiella* est une forme ordinairement assez rare,
mais qui remonte le long des côtes océaniques françaises.
Elle nous est connue des départements de l'Aveyron, du
Tarn-et-Garonne, de la Corrèze, de la Gironde, de la Charente-Inférieure et du Finistère. Elle habite également
l'Algérie (Westerlund) et le Portugal (Locard).

Helix suberis, BOURGUIGNAT.

Helix suberis, Bourguignat, *in* Locard, 1885. *Bull. Soc. Malacol.*, II, p. 54.
— Locard, 1894. *Coq. terr.*, p. 213.

L'*Helix suberis* est une forme bien constante, rare aux
environs de Paris, où les échantillons parfaitement typiques,
d'un galbe relativement peu globuleux, subdéprimé, présentent comme dans le Midi « cette indication d'une fausse
carène à peine sensible sur le profil du dernier tour, mais
rendue apparente au regard par la présence d'une ligne
blanchâtre un peu brillante qui règne sur ce point[1]. » Le
test est roux sale, finement costulé; l'ouverture est garnie
d'un bourrelet rosé. Diam. : 16-18 millim.; haut. :
10-13 1/2 millim.

[1] Locard (A.), 1885, Matér. hist. Malacol. fr., *in Bull. Soc. Malacol. France*,
II, p. 56.

Rare. Talus des fortifications : porte de Vitry ; porte de Patay.

Cette espèce, peu répandue, n'a encore été signalée qu'aux environs d'Hyères (Var) et de Nîmes (Gard). Elle s'est également naturalisée à Sainte-Catherine-le-Fierbois, dans le département de l'Indre-et-Loire.

Helix Evenosi, BOURGUIGNAT.

Helix Evenosi, Bourguignat, *ap.* Locard, 1885. *In Bull. Soc. Malacol.*, II, p. 56. — Locard, 1894. *Coq. terr.*, p. 213, fig. 277, 278.

Coquille d'un galbe voisin du type méridional, mais à dernier tour moins globuleux ; le test est solide, un peu crétacé, blanc brillant, finement costulé, parfois légèrement malléé sur le dernier tour. L'ombilic très étroit, est plus recouvert par suite d'un épaississement plus accentué du bord columellaire ; la coquille passe ainsi à la var. *subumbilicata* Locard[1], variété que nous connaissions déjà de Graveson (Bouches-du-Rhône) et de Port-Sainte-Marie (Lot-et-Garonne). Diam. : 18 millim. ; haut. : 12 millim.

Très rare, à Argenteuil et sur les Luzernes aux environs du fort de Montrouge où cette forme vit en compagnie des *Helix ademata*, *H. terraria* et *II. limbifera*.

Nous connaissons l'*II. Evenosi* dans le Var, les Bouches-du-Rhône, Vaucluse, le Gard, l'Hérault, la Haute-Garonne, le Lot-et-Garonne, la Charente-Inférieure et, en dehors de la France, en Portugal (Locard).

Helix ademata, BOURGUIGNAT.

Helix ademata, Bourguignat, *ap.* Locard, 1885. *In Bull. Soc. Malacol.*, II, p. 65. — Locard, 1894. *Coq. terr.*, p. 214,

Cette espèce, du groupe espagnol de l'*IIelix Castroiana*,

[1] Locard (A.), 1885. Matér. Malacol. française, in *Bull. Soc. Malacol. France*, II, p. 58.

Servain, est abondante à Choisy-le-Roi, près le passage à
niveau du chemin de fer P.-L.-M. Nos échantillons présentent un assez grand polymorphisme portant sur le galbe qui
est plus ou moins globuleux et surtout sur la spire qui est
plus ou moins haute tout en restant cependant, chez la
grande majorité des individus, notablement plus basse que
dans les colonies méridionales. Le test est d'un beau blanc
brillant, parfois un peu jaunâtre, crétacé, solide, quoique
notablement plus mince que chez les coquilles du Midi. La
taille reste petite. Diam. : 14-16 millim.; haut. : 10-12 mil.

L'*H. ademata* vit en très grande abondance à Choisy-le-
Roi, près le passage à niveau du chemin de fer de P.-L.-M.,
sur les chardons, et l'on peut voir parfois des espaces de
plusieurs mètres carrés presque disparaître sous une couche
d'un beau blanc formée d'échantillons de cette espèce. On
la rencontre encore, mais beaucoup moins commune, sur
les Luzernes près le fort de Montrouge et dans la plaine
Saint-Denis.

Nous connaissons cette même forme des Alpes-Maritimes,
du Var, des Bouches-du-Rhône, du Gard, de la Haute-
Garonne et de l'Ile-de-Ré. Bourguignat l'a également
signalée en Algérie, à Oran.

Helix Kalona, BERTHIER.

Helix Kalona, Berthier, *in* Locard, 1894. *Coq. terr.*, p. 214.

Cette forme provençale est assez bien caractérisée autour
de Paris, mais présente un galbe plus globuleux quoique bien
constant, ne permettant de constater que de légères variations dans l'allure de la spire qui est plus ou moins conique.
Le test est un peu mince, subtransparent, blanc, subcrétacé,
assez brillant, un peu roux clair en dessous. Diam. : 12-15
millim.; haut. : 9-10 millim.

Rare : talus ombragés des fortifications entre la porte de Patay et le chemin de fer d'Orléans ; Arcueil, chemin se dirigeant vers les carrières, près de l'Aqueduc.

L'*H. Kalona* habite normalement les Bouches-du-Rhône, Vaucluse, le Gard et l'Hérault.

Helix limarella, HAGENMÜLLER.

Helix limara, var. *limarella*, Hagenmüller, *in* Westerlund, 1889. *Fauna palœar.*, I, p. 178.
— *limarella*, Locard, 1894. *Coq. terr.*, p. 215.

Coquille de taille moyenne, généralement plus globuleuse que celle des Bouches du Rhône, à test notablement moins solide ; le bourrelet interne, peu coloré, n'est que faiblement indiqué. Diam. : 13-14 1/2 millim. ; haut. : 9-11 millim. L'aspect déprimé de la spire provient surtout des trois premiers tours et du sommet qui sont comme écrasés. Nous possédons une var. *major* de Choisy-le-Roi, de même galbe, mais mesurant 18 millim. de diamètre maximum.

Rare : vit sur le gazon des talus exposés au Midi : à Gentilly, à Choisy-le-Roi (route de Créteil) et à Paris (Portes de Vitry et de Patay.)

Nous connaissons cette forme dans les départements des Alpes-Maritimes, du Var, des Bouches-du-Rhône, de Vaucluse, du Gard et de la Haute-Garonne.

Helix subtassyana, LOCARD.

Helix Tassyana, Fagot, *in* Locard, 1885. *Bull. Soc. Malacol.*, II, p. 70 *(non Bourg.)*. — *Helix subtassyana*, Locard, 1894. *Coq. terr.*, p. 215.

Cette espèce, découverte au mont Alaric dans le département de l'Aude, par M. Paul Fagot, est rare dans la région parisienne. Les échantillons que nous avons récoltés à Arcueil, près de l'Aqueduc, mesurent 13-14 millim. de

diamètre pour 10 millim. de hauteur ; ils sont donc de
taille normale ; leur galbe est assez nettement déprimé, leur
test est blanc, légérement brillant, sans traces de fascies,
orné de stries longitudinales ondulées, très fines et très
irrégulières.

L'*Helix subtassyana* est une forme rare, habitant les
départements de l'Aude et de Vaucluse.

Helix Mendranopsis, Locard.

Helix Mendranopsis, Locard, 1894. *Coq. terr.*, p. 215.

L'*Helix Mendranopsis* est une des formes méridionales
les plus répandues autour de Paris où elle vit en colonies
populeuses dans un grand nombre de localités, en compagnie de l'*H. Cyzicensis*, Gall. La coquille parisienne
présente ce galbe un peu déprimé, quoique subglobuleux-
conique dans son ensemble qui caractérise si bien cette
espèce. Le test est blanc porcelanisé, un peu jaunâtre en
dessous, brillant, assez épais. Diam. : 13 1/2-17 millim, ;
haut. : 11-14 millim. On observe un polymorphisme portant sur le galbe qui est plus ou moins élevé, sur l'allure de
la spire, etc... mais surtout sur la taille qui permet de distinguer une var. *major* atteignant 20 millim. de diamètre
pour 16 millim. de hauteur (Choisy-le-Roi, près le passage
à niveau du P-L-M ; Sennevières), et une var. *minor* un
tiers plus petite : diam. : 12-13 millim. ; haut. : 9 1/2-10
millim. (Boulevard Victor, à Paris ; talus à Gentilly ; Choisy-
le-Roi, passage à niveau du P-L-M.)

Vit sur les talus exposés au soleil, parmi le gazon, sur les
ombellifères, les chardons et les *Centaurea calcitrapa*, L.
Très commun ; souvent en colonies extrêmement populeuses : Paris, talus des fortifications ; boulevard Victor, porte

de Gentilly, porte de Patay, porte d'Austerlitz, près la gare
d'Orléans, porte d'Arcueil ; Square Alboni, à Passy ; Champs
près le fort de Montrouge ; près le fort de Bicêtre ; talus à
Gentilly ; Choisy-le-Roi, route de Créteil, près le passage à
niveau du P-L-M ; bords de la Marne à Charenton ; Arcueil ;
Asnières ; Courbevoie ; Argenteuil (Seine-et-Oise) ; Sennevières, près Nanteuil-le-Haudouin (Oise) ; Lagny (Seine-
et-Marne.)

L'*H. Mendranopsis* commun dans preque tout le Midi
(Alpes-Maritimes, Var, Bouches-du-Rhône, Gard, Hérault,
Pyrénées-Orientales, Haute-Garonne, Lot-et-Garonne), re-
monte sur les côtes de l'Océan Atlantique et même de la
Manche (Gironde, Charente-Inférieure, Ile de Ré, Belle-
Isle, Vendée, Indre-et-Loire, Calvados, îles Chausey) ; on
le trouve aussi accidentellement à Lyon.

Helix Nemausensis, BOURGUIGNAT.

Helix Nemausensis, Bourguignat, *in*, Locard, 1894. *Coq. terr.*, p. 216.
fig. 279-280.

Comme l'espèce précédente, l'*H. Nemausensis* est une
forme très répandue autour de Paris. Elle y présente un
galbe notablement plus élevé qu'en Provence ; le test est
blanc, porcelanisé, solide, assez épais, brillant et très finement striolé ; l'ouverture est garnie d'un bourrelet un peu
saillant, rougeâtre, brillant. Diam. : 13-15 millim. ; haut. :
10-12 millim.

Nous distinguerons chez cette espèce : une var. *depressa*
caractérisée par un galbe très déprimé et une ouverture
relativement plus grande (talus des fortifications, boulevard
Victor, à Paris); une var. *major* très nette : diam. : 17
millim. ; haut. : 12 1/2 millim. (talus à Gentilly.)

A. L.　　　　　　　　　　　2

Très commun, sur les talus exposés au soleil : Paris, talus
des fortifications, boulevard Victor, porte de Vitry, porte
de Gentilly, rue Regnault, talus du chemin de fer de Ceinture ; Square Alboni, à Passy ; champs près le fort de
Montrouge ; près le fort d'Ivry ; près le fort de Bicêtre ;
talus à Gentilly ; Choisy, route de Créteil près le passage
à niveau du P.-L.-M ; bords de la Marne à Charenton ;
Arcueil, chemin des carrières, etc.

L'*H. Nemausensis* nous est connu des départements du
Var, des Bouches-du-Rhône, du Gard, de Vaucluse, de
l'Hérault, du Lot-et-Garonne, de la Charente-Inférieure, de
la Vendée et du Finistère.

Groupe de l'*H. Avenionensis*.

Helix Avenionensis, BOURGUIGNAT.

Helix Avenionensis, Bourguignat, *ap.* Locard, 1885. *In Bull. Soc. Malacol.*,
II, p. 65. — Locard, 1894. *Coq. terr.*, p. 216, fig. 281-282.

Cette jolie petite forme, distinguée pour la première fois
par Bourguignat, s'est largement répandue aux environs de
Paris, particulièrement sur les talus des fortifications. Elle
a conservé son galbe bien typique, mais le dernier tour est
relativement moins développé et moins globuleux. Le test
est blanc, assez brillant, peu épais. Diam. : 12-14 1/2 millim. ;
haut. : 10 1/2-11 1/4 millim. Une var. *minor* de même
galbe, à test plus mince et un tiers plus petite (Diam. :
9 1/2-10 1/2 millim. ; haut. : 8-9 millim.), vit sur les
planches de clôture des terrains vagues, rue Barrault à
Paris.

Très commun sur les gazons des talus, etc. : Paris, talus
des fortifications, près la gare d'Orléans, porte de Vitry,
porte de Gentilly, rue Barrault ; square Alboni, à Passy ;

Gentilly, Arcueil; Montrouge; bords de la Marne à Charenton; Choisy-le-roi, route de Créteil près le passage à niveau du P.-L.-M.; le Vésinet.

L'*Helix Avenionensis* est une des formes de *Variabiliana* qui remontent le plus haut sur les côtes de la Manche. Nous connaissons en effet cette espèce de Boulogne dans le Pas-de-Calais. Elle vit encore dans les départements des Bouches-du-Rhône, du Var, de Vaucluse, du Gard, de l'Aveyron et remonte, le long des côtes océaniques, dans la Charente-Inférieure, la Loire-Inférieure et la Vendée.

Helix Guideloni, BOURGUIGNAT.

Helix Guideloni, Bourguignat, *in* Locard, 1894. *Coq. terr.*, p. 217.

Cette espèce, d'un galbe un peu haut, et dont le dernier tour est vaguement subcaréné à sa naissance, est bien conforme au type méridional; cependant son test est moins brillant; il est blanc, très légèrement porcelanisé, rarement jaunâtre. Quelques rares échantillons sont ornés d'une vague bande supra-carénale brune, réduite à des points. Nous désignerons cette variété sous le nom de *zonata.* Diam. : 10-12 millim.; hauteur : 7 1/2-10 1/2 millim.

Commun : Paris, talus des fortifications, près la gare d'Orléans, porte de Vitry, porte de Gentilly; Square Alboni, à Passy; Choisy-le-roi, près le passage à niveau du P.-L.-M.; champs près le fort de Montrouge; talus à Gentilly.

Nous connaissons l'*Helix Guideloni* dans les départements suivants : Bouches-du-Rhône, Hérault, Gers, Haute-Garonne, Lot-et-Garonne et Loire-Inférieure. Il se montre accidentellement à Lyon et se retrouve dans le Portugal (Locard).

Helix ambielina, DE CHARPENTIER.

Helix ambielina, de Charpentier, *in* Paladilhe, 1867. *Miscell. Malacol.*,
     p. 41 *(sine descrip.).*— Locard, 1894. *Coq. terr.*, p. 217.

Le seul échantillon que nous possédions de cette espèce a
été recueilli vivant et bien adulte sur le talus des fortifications, non loin de la gare d'Orléans. Il est parfaitement
conforme, comme galbe et comme taille, au type méridional[1]; son test est notablement moins brillant, son ouverture
est garnie d'un assez fort bourrelet rosé. Diam. : 13 millim. ;
haut. : 10 millim.

L'*H. ambielina* n'a pas encore été signalé sur les côtes de
l'Atlantique; nous ne le connaissons que sur le littoral méditerranéen, dans les départements des Alpes-Maritimes, des
Bouches-du-Rhône, de l'Aude et de l'Hérault où il est assez
rare.

Helix fera, LETOURNEUX et BOURGUIGNAT.

Helix fera, Letourneux et Bourguignat, 1887. *Prodr. Malacol. Tunisie*,
     p. 50. — Locard, 1894. *Coq. terr.*, p. 217, fig. 283-284.

L'*Helix fera*, découvert d'abord en Tunisie aux environs
de Tebourba (Berthier) et de Carthage (Hagenmüller), est
une petite forme déprimée, convexe-tectiforme en dessus,
surtout caractérisée par son dernier tour bien anguleux et
comprimé sur les trois quarts de sa longueur. Cette espèce,

---

[1] Nous prenons pour type les échantillons adressés par de Charpentier
lui-même à Bourguignat; ces échantillons sont aujourd'hui au musée de
Genève; ce sont eux qui ont servi de terme de comparaison à Paladilhe.
Quant aux échantillons de la collection de Charpentier au musée de Lau-
sanne, ils sont, nous écrit M. le marquis de Monterosato, tout différents;
mais la collection du savant malacologiste suisse avant d'être installée
comme elle l'est aujourd'hui, a subi de telles vicissitudes, que nous
croyons prudent de nous en tenir au type de la collection Bourguignat.

bien typique dans nos environs, y présente un test blanc porcelanisé, assez brillant. Diam. : 9-13 millim. ; haut. : 6-8 1/2 millim. Nous signalerons une var. *minor* ne mesurant que 8-8 1/2 millim. de diamètre pour 6-6 1/2 millim. de hauteur, mais néanmoins pourvue d'un fort bourrelet interne. (Planches de clôtures, rue Barrault à Paris ; talus à Gentilly.)

L'*H. fera* est une forme très robuste qui s'est rapidement acclimatée autour de Paris : c'est aujourd'hui l'espèce de ce groupe la plus répandue. Elle vit en colonies très populeuses sur les tiges sèches des grandes ombellifères et des chardons, plus rarement sur le gazon ou les orties. Nous l'avons recueillie abondamment dans les localités suivantes : Paris, talus des fortifications, près Orléans-Ceinture, porte de Vitry, porte de Gentilly, porte d'Auteuil, rue Barrault, square Alboni, à Passy, etc...; champs à Montrouge ; à Gentilly ; à Choisy-le-Roi, route de Créteil ; à Châtillon ; bords de la Marne à Charenton, etc...

Nous connaissons l'*H. fera* des départements des Alpes-Maritimes, des Bouches-du-Rhône, du Vaucluse, du Gard, du Lot-et-Garonne, de la Vendée, de l'Ille-et-Vilaine, de la Seine-Inférieure et des îles Chausey dans la Manche. Il remonte accidentellement jusqu'à Lyon.

Helix Grannonensis, BOURGUIGNAT.

Helix Grannonensis, Bourguignat, *in* Servain, 1880, *Moll. Esp.*, p. 104. — Locard, 1894. *Coq. terr.*, p. 218, fig. 285-286.

Cette forme beaucoup plus rare que la précédente reste bien typique ; ce n'est que par exception que l'on remarque, chez quelques individus, un dernier tour très vaguement subcaréné aux environs immédiats de l'ouverture. Test blanc, quelquefois jaunacé, assez brillant, relativement mince. Diam. : 11-13 millim. ; haut. : 9-11 millim.

Rare, en colonies peu populeuses : Paris, talus des fortifications, boulevard Victor, porte de Vitry ; square Alboni, à Passy ; talus à Gentilly.

L'*Helix Grannonensis* est une forme méridionale assez commune, qui remonte volontiers le long des côtes de l'Atlantique. Nous en avons observé la présence dans les départements des Alpes-Maritimes, du Var, des Bouches-du-Rhône, de Vaucluse, du Gard, des Pyrénées-Orientales, de la Haute-Garonne, de la Dordogne, de la Charente-Inférieure, de la Vendée, de la Loire-Inférieure, du Finistère et du Calvados. Cette même forme a été également retrouvée en Espagne, en Portugal, en Italie (Locard), en Algérie et en Tunisie, sur le littoral, près de Gabès (Letourneux).

Groupe de l'*H. variabilis*.

Helix variabilis, Draparnaud.

Helix variabilis, Draparnaud, 1801. *Tabl. Moll.*, p. 73.— Draparnaud, 1805.
 Hist. Moll., p. 84, pl. 5, fig. 11-12. — Locard, 1894. *Coq. terr.*, p. 218,
 fig. 287-288.

On a confondu sous ce nom un grand nombre de formes absolument différentes, mais nous prendrons pour type la coquille figurée par Draparnaud [1]. A Sennevières, les échantillons sont d'un galbe très nettement caractérisé, mesurant de 16 à 18 millim. de diamètre pour 13 à 14 millim. de hauteur ; les bandes sont d'un brun clair. Les coquilles de Durtal, en Maine-et-Loire, ont 17 millim. de diamètre et 13 millim. de hauteur ; elles constituent donc une forme un peu plus surbaissée que le type, correspondant à une variété à laquelle l'un de nous a donné le nom de *Durtalensis* [2].

[1] Locard (A.), 1895. *Ipsa Draparnaudi Conchylia*, p. 108.
[2] Germain (L.), 1903. *Etude Moll. Maine-et-Loire*, p. 124.

Nous connaissons cette même variété aux environs de La Rochelle[1].

L'*Helix variabilis* est une forme essentiellement méridionale (Alpes-Maritimes, Var, Bouches-du-Rhône, Vaucluse, Hérault, Haute-Garonne, Lot-et-Garonne, etc...), que l'on retrouve en Portugal (Locard), en Algérie et en Tunisie [environs de Tunis (Bourguignat), Menzel-Temen (Letourneux), etc... et qui remonte sur le littoral de l'Océan Atlantique au moins jusqu'à Cherbourg (Gironde, Charente-Inférieure, Maine-et-Loire, Vendée, Manche, Calvados).

Helix lutosinula, LOCARD.

Helix luteata, Locard, 1894. *Coq. terr.*, p. 219. *(Non* Parreys, *in:* Pfeiffer. 1857. *Malack. Blätter*, IV, p. 87).
— *lutosinula*, Locard, 1903. *Mss.*

Cette magnifique espèce, au galbe subglobuleux, un peu déprimé, et dont les tours, très peu convexes, presque plans en dessus, sont séparés par des sutures peu profondes, est très rare aux environs de Paris. Le seul échantillon que nous possédons vivait sur un talus bien exposé au midi, non loin de l'avenue Victor-Hugo, à Gentilly. Il est bien typi-

---

[1] La présence de cette espèce a été déjà indiquée par M. le Dr Jousseaume (Jousseaume, 1878. Faune malacologique des environs de Paris, huitième article, *(Bull. Soc. Zool. France*, p. 210) sous le nom de *Theba virgata* : « Il est très abondant aux environs de Paris, et sa découverte en est facile, car il habite surtout les endroits secs et découverts. On le trouve souvent groupé le long des plantes ou des barreaux de clôture, qu'il recouvre quelquefois complètement. Il n'est pas rare de rencontrer des plantes sur les branches desquelles ils s'amassent en si grand nombre qu'ils forment des grappes dont le volume atteint souvent la grosseur d'un œuf. Il suffit de visiter les bords du canal à Saint-Denis ou les talus du chemin de fer à Grenelle pour se le procurer. La présence du *Theba virgata* aux environs de Paris, où il est encore cantonné dans certaines localités, n'a été constatée que depuis quelques années ; il a dû être importé depuis la création des chemins de fer, qui ont permis d'apporter des fourrages des localités où il se trouve. »

que comme galbe et comme taille (diam. : 18 millim. ; haut. :
15 millim.). Son test, assez solide, blanchâtre en dessus,
jaunacé en dessous, est brillant, orné d'une large fascie subcarénale brune et de cinq fascies infracarénales, plus étroites,
également brunes. Toutes les bandes qui ornent le test de
cette coquille s'élargissent aux environs de l'ouverture ; la
fascie supracarénale seule est continuée en dessus.

L'*Helix lutosinula* est une forme rare, que nous ne connaissons encore que dans les Alpes-Maritimes, le Var, les
Bouches-du-Rhône, Vaucluse, le Gard et à l'île de Ré.

Groupe de l'*H. Xalonica*.

Helix Xalonica, SERVAIN.

Helix Xalonica, Servain, 1880. *Moll. Esp. Port.*, p. 102. — Locard, 1894.
   Coq. terr., p. 222, fig. 293-294.

Belle espèce, assez rare autour de Paris ; de galbe et de
taille normaux, les échantillons présentent un test mince,
beaucoup moins chaudement coloré que dans le Midi ; on
observe une diminution très sensible dans la largeur des
bandes brunes qui ornent le test ; ces bandes ont évidemment tendance à disparaître. Diam. : 12-16 millim. ; haut. :
9-12 millim.

Assez rare ; en colonies peu populeuses sur les Composées ou les Ombellifères : Paris, talus des fortifications, porte
de Vitry, porte de Gentilly ; square Alboni, à Passy ; bords
de la Marne à Charenton ; Montrouge, près le fort ; Gentilly ;
Arcueil, chemin allant aux carrières, près de l'Aqueduc.

Commun dans tout le Midi (Alpes-Maritimes, Var, Bouches-du-Rhône, Vaucluse, Gard, Hérault, Ariège, Haute-
Garonne, Lot-et-Garonne, Basses-Pyrénées), l'*Helix Xalonica* remonte volontiers le long des côtes de l'Atlantique
(Charente, Charente-Inférieure, île de Ré, Vendée, Finistère) et même de la Manche (Seine-Inférieure, Pas-de-Calais) ;

il s'est acclimaté à Lyon et dans l'Indre-et-Loire. Hors de
France, cette espèce vit en Espagne (Servain), en Portugal
(Locard) et en Autriche, Trieste (Westerlund).

Helix alluvionum, Servain.

Helix alluvionum, Servain, 1880. *Moll. Esp. Port.*, p. 102. — Locard, 1894.
   Coq. terr., p. 222.

Le type de cette espèce a été découvert par le Dr Servain
aux environs de Pampelune en Espagne. La coquille du
square Alboni est bien typique ; de taille un peu forte, son
test est assez épais, blanc-roux, crétacé, peu brillant. Diam. :
15-16 1/2 millim. ; haut. : 11 1/2-12 1/2 millim.

Nous n'avons recueilli que trois échantillons, parfaitement adultes, de cette espèce. Ils vivaient, au milieu d'une
colonie populeuse de l'*Helix Cyzicensis*, l'un sur les luzernes près le fort de Montrouge, les deux autres dans le
square Alboni, à Passy.

Cette Helice espagnole, qui habite aussi le Portugal, l'Algérie (alluvions de la Seybouse, près Guelma et de l'Oued-
Sebaou, près Dellys), la Tunisie (ruines de Carthage) et
l'Autriche à Trieste, nous est connue en France des départements suivants : Alpes-Maritimes, Var, Bouches-du-Rhône,
Gard, Hérault, Pyrénées-Orientales, Lot-et-Garonne,
Basses-Pyrénées, Charente-Inférieure, Loire-Inférieure,
Vendée, Ille-et-Vilaine et Calvados. Cette espèce s'est acclimatée à Lyon depuis 1871.

Helix Cyzicensis, Galland.

Helix Cyzicensis, Galland, *in* Coutagne, 1881. *Bassin Rhône*, p. 13. — Locard, 1894. *Coq. terr.*, p. 224, fig. 295-296.

Cette espèce, si bien caractérisée, est une des plus répandues autour de Paris ; c'est aussi une de celles qui conservent
le mieux son galbe et son aspect méridional. De taille nor-

male ou même grande, le test est jaunacé, peu brillant, orné de stries fines et serrées, et de bandes brun foncé continues ou non, subtransparentes. Diam. : 14-16 millim. ; haut. : 10-12 millim. Comparée aux échantillons de Beaulieu en Maine-et-Loire, où l'*Helix Cyzicensis* est également acclimaté, la coquille parisienne présente, sur un fond moins brillant et plus jaunâtre, des bandes beaucoup moins chaudement colorées, ce qui tient à la différence de climat des deux stations. Nous signalerons une var. *minor* possédant le même galbe, le même test, mais au moins un tiers plus petite. Diam. : 10-11 millim. ; haut. : 8-9 millim.)

Très commun dans le square Alboni à Passy, où il vit dans tout le jardin, mais surtout sur les plantes odorantes de grande taille (Ombellifères, Fœniculum, grandes Composées, etc...) introduites dans un but ornemental, l'*H. Cyzicensis* ne se rencontre qu'exceptionnellement sur les talus des fortifications (porte de Vitry) qui ne lui offrent pas une végétation suffisante. Il faut le rechercher dans les champs, contre les talus ombreux bien exposés au soleil, etc...: Bicêtre, près le fort ; Montrouge, près le fort ; Choisy-le-Roi, près le passage à niveau du P.-L.-M. ; Arcueil ; bords de la Marne à Charenton ; Sennevières, près Nanteuil-le-Haudouin ; Lagny ; Neuilly ; parc du Vésinet.

L'*H. Cyzicensis*, répandu dans toute la Provence, remonte volontiers le long des côtes de l'Océan Atlantique et de la Manche. Nous le connaissons dans les département suivants: Alpes-Maritimes, Var, Bouches-du-Rhône, Gard, Pyrénées-Orientales, Lot-et-Garonne, Gironde, Charente-Inférieure, île de Ré, Vienne, Loire-Inférieure, Maine-et-Loire, Vendée, Ille-et-Vilaine, Manche, îles Chausey, Calvados, Seine-Inférieure. Il s'est aussi acclimaté à Lyon. A l'étranger, nous le connaissons en Portugal (Locard) et à l'île Minorque (Westerlund).

Groupe de l'*H. Mendranoi.*

Helix Mendranoi, SERVAIN.

Helix Mendranoi, Servain, 1880. *Moll. Esp. Port.*, p. 105. — Locard, 1894.
Coq. terr., p, 226, fig. 297-298.

Cette Hélice espagnole, dont la présence a été constatée en Sicile, en Algérie et en Tunisie présente, autour de Paris, un galbe bien typique, mais un test moins brillant et surtout moins épais que dans les échantillons plus méridionaux. Une bande brune, étroite, souvent obsolète, parfois réduite à des points, orne presque toujours la coquille, qui est de taille normale. Diam. : 11-13 millim.; haut. : 9-11 millim. Une var. *minor*, ne dépassant pas 9 1/2 millimètres de diamètre pour 8 millimètres de hauteur, habite les planches de clôtures de la rue Barrault, dans Paris même.

Commun, sur les talus, parmi le gazon, grimpe sur le *Carduus tenuiflorus*, Lin. et y reste exposé à l'ardeur du soleil : Paris, talus des fortifications, porte de Vitry, porte de Gentilly, rue Barrault; champs, près le fort de Bicêtre; talus à Gentilly; bords de la Marne, à Charenton; bois de Meudon; Lagny.

Nous connaissons l'*Helix Mendranoi* dans les départements des Alpes-Maritimes, du Var, des Bouches-du-Rhône, du Gard, de la Haute-Garonne, de la Gironde, de la Charente-Inférieure, de la Loire-Inférieure, la Vendée, et du Calvados. Cette même forme se retrouve aussi à l'île de Ré et dans les îles de Chausey.

Helix Canovasiana, SERVAIN.

Helix Canovasiana, Servain, 1880. *Moll. Esp. Port.*, p. 106. — Locard, 1894. *Coq. terr.*, p. 227.

L'*Helix Canovasiana* est une forme hispanique qui a été

---

[1] Sous le nom d'*H. Manchanoi (per error.)*, Caziot, 1896. Faune malac. Vendée, *in Feuille Jeunes-natur.*, 3e série, XVI, p. 11, 54 et 97.

constatée en Portugal, en Algérie, en Tunisie et en Sicile. Nos échantillons sont de galbe identique, mais de taille plus petite ; ils présentent, en outre, une coloration plus jaunacée, moins brillante, et un test notablement moins épais-crétacé. Diam. : 11-12 millim. ; haut. : 8 3/4-9 1/4 millim.

Assez rare : Paris, rue Barrault ; square Alboni, à Passy ; talus à Gentilly ; champs près le fort de Montrouge ; bords de la Marne, à Charenton.

L'*H. Canovasiana* est une forme assez rare dont nous avons observé la présence dans les départements des Alpes-Maritimes, du Var, des Bouches-du-Rhône, de Vaucluse, du Gard, de la Drôme, de la Haute-Garonne, de Maine-et-Loire, de la Vendée. Il est acclimaté à Lyon, depuis 1871 [1].

Helix mucinica, BOURGUIGNAT.

Helix mucinica, Bourguignat, *in* Locard, 1894. *Coq. terr.*, p. 227, fig. 299-300.

Petite espèce au galbe conique un peu élevé, avec le

[1] Nous signalerons encore l'espèce suivante trouvée aux environs de Paris, mais sans indication de provenance précise.

Helix Mendozæ, SERVAIN.

Helix Mendozæ, Servain, *in* Locard, 1882. *Prodr.*, p. 115 et p. 343. — Locard, 1894. *Coq. terr.*, p. 227.

Cette espèce, découverte à la Barre-de-Mont, en Vendée, par M. le Dr Servain, est assez répandue dans le département de Maine-et-Loire (Champtocé, ruines du vieux Château ; Beaulieu, roche Servière ; Chalonnes, etc.). La coquille de l'Anjou est de grande taille : 9-14 millim. de diamètre pour 8-12 millim. de hauteur, d'un galbe parfaitement typique ; le test est assez épais, solide, très généralement unicolor, mais parfois orné de 1-5 bandes brunes étroites, interrompues ou non. Une variété *minor* à test orné de stries plus fortes, ne mesurant que 8-9 millim. de diamètre pour 7 1/2-8 millim. de hauteur, habite la Roche Servière à Beaulieu.

L'*H. Mendozæ* n'est connu que dans les régions littorales de l'Atlantique et de la Manche, dans les départements de la Vendée, de la Loire-Inférieure, du Maine-et-Loire, du Morbihan, du Finistère et de la Manche. Letourneux et Bourguignat l'ont également signalé aux environs de Tebourba en Tunisie.

dernier tour subanguleux et un test subcrétacé roux clair, parfois flammulé dans le Midi, plus pâle et monochrome dans le Nord. Le type parisien est, en général, de taille assez grêle, et d'un galbe un peu plus surbaissé que les échantillons soumis à l'influence maritime, aussi bien dans le Midi que le long du littoral de la Manche.

Rare : Talus des fortifications, près la gare d'Orléans, à Paris; Lagny.

L'*H. mucinica* est une forme assez commune dans presque tout le Midi (Alpes-Maritimes, Var, Vaucluse, Gard, Aude, Haute-Garonne) : elle remonte assez haut sur les côtes de l'Atlantique et de la Manche, où nous en avons constaté la présence à Dieppe, dans le département de la Seine-Inférieure[1].

Helix papalis, LOCARD.

Helix papalis, Locard, 1887. *In Bull. Soc. Malacol. France*, IV, p. 181. — Locard, 1894. *Coq. terr.*, p. 228, fig. 301-302.

Cette petite forme, voisine de l'*Helix Mendozæ*, dont elle se distingue à son galbe moins globuleux, à sa spire moins haute, à son ombilic un peu plus ouvert, etc... est rare dans la région parisienne. Nos échantillons sont parfaitement identiques, comme galbe et comme taille, à ceux du littoral océanique; leur test assez mince, mais solide, est blanc jaunâtre, à peine brillant, orné de quatre, rarement de cinq bandes brunes bien apparentes,

Rare : Sur les tiges des grandes plantes garnissant les fossés des fortifications, près du chemin de fer de Limours

[1] Signalons encore pour mémoire l'*Helix peregrina*, (Locard, 1894. *Coq. terr.*, p. 229) vivant normalement dans les Alpes-Maritimes, le Var, les Bouches-du-Rhône, la Haute-Garonne, et que l'on retrouve acclimaté en Vendée, à Simon-la-Vineuse (Rousseau, *in coll.)*

et de l'entrée de l'Aqueduc des eaux de la Vanne, à la porte de Gentilly ; planches de clôture, rue Barrault, à Paris ; Neuilly.

Nous connaissons cette espèce des environs d'Avignon (Vaucluse), de Saint-Jean-du-Mont (Vendée), d'Ouessant (Finistère) et de Granville, dans la Manche.

Helix Sylvæ, SERVAIN.

Helix da Sylvæ, Servain, in Locard, 1882. *Prodr.*, p. 115 et p. 342.
— *Sylvæ*, Locard, 1894. *Coq. terr.*, p. 228.

Cette espèce, dédiée par M. le Dr Servain à M. José da Sylva e Castro, le savant naturaliste portugais, appartient encore au même groupe que l'espèce précédente. C'est une petite forme particulièrement maritime, très constante de galbe, d'allure et de coloration ; nos échantillons sont parfaitement typiques. Nous ne l'avons encore rencontrée qu'à Neuilly.

Dans le Midi, nous ne connaissons cette Hélice qu'à Saint-Tropez, à Marseille et à Carcassonne où elle a dû être importée ; elle est répandue sur tout le littoral de l'Océan Atlantique et jusque dans la Manche : Charente, Charente-Inférieure, île de Ré, Saint-Jean-du-Mont (Vendée), Nantes, Saint-Nazaire (Loire-Inférieure), Ouessant, Brest (Finistère), île de Cazambre, îles Chausey, Villers-sur-Mer, etc...

Helix pilula, LOCARD.

Helix pilula, Locard, 1894. *Coq. terr.*, p. 229, fig. 303-304.

Petite forme assez répandue, bien caractérisée, mais de galbe plus globuleux que sur le littoral de l'Atlantique, à test blanchâtre ou jaunacé, rarement orné de plus de trois bandes brunes, étroites, souvent avec une seule bande légèrement supra-carénale. Diam. : 10-12 millim. ; haut. : 9-10 millim.

Rare: çà et là sur les talus ; Paris, talus des fortifications, porte de Gentilly, porte de Vitry, rue Barrault; square Alboni, à Passy; champs près le fort de Montrouge; Gentilly ; Courbevoie.

L'*Helix pilula* est une des formes dont le domaine géographique est le plus étendu : Alpes-Maritimes, Var, Bouches-du-Rhône, Vaucluse, Gard, Haute-Garonne, Lot-et-Garonne, Gironde, Dordogne, Charente-Inférieure, Vendée, Maine-et-Loire, Ille-et-Vilaine, Finistère, Calvados, Seine-Inférieure, Pas-de-Calais.

Helix Ogiaca, SERVAIN.

Helix Ogiaca, Servain, *in* Locard, 1882. *Prodr.*, p. 115 et p. 343. — Locard, 1894. *Coq. terr.*, p. 229.

Le type a été observé pour la première fois par M. le Dr Servain à l'île d'Yeu, vis-à-vis les côtes vendéennes. Nous n'en avons récolté qu'un seul échantillon, recueilli il y a une dizaine d'années à Passy, échantillon bien conforme et comme taille et comme galbe à nos autres types, mais le test est un peu moins épais et les marbrures ont disparu ; on ne distingue qu'une seule bande médiane étroite et continuée au-dessus. Nous observons la même décoloration chez un échantillon provenant du Var.

Nous connaissons aujourd'hui l'*Helix Ogiaca* : à la Seyne dans le Var, aux environs de Marseille et de Toulon, ainsi qu'aux îles Chausey, dans la Manche. Bourguignat et Letourneux l'ont signalé, en 1887, aux environs de Gabès, en Tunisie.

Helix Scicyca, Bourguignat.

Helix Scicyca, Bourguignat, *in* Locard, 1894. *Coq. terr.*, p. 230.

L'*Helix Scicyca* est une espèce essentiellement maritime, dont nous avons déjà constaté l'introduction récente à Beaulieu, dans le département de Maine-et-Loire, où elle est bien typique. Le seul échantillon parisien que nous possédions provient du square Alboni, à Passy ; il est de petite taille, peu typique, beaucoup plus globuleux que la coquille des îles Chausey et non adulte. Cette espèce ne semble pas acclimatée, car malgré nos actives recherches dans la même localité en septembre-octobre 1902 et pendant l'automne de 1903, nous n'avons pu en retrouver un second exemplaire.

L'*Helix Scicyca* n'a encore été signalé que dans les départements côtiers ou soumis à l'influence maritime comme : les Bouches-du-Rhône, le Gard, le Maine-et-Loire, l'Ille-et-Vilaine, la Manche. Nous le connaissons aussi de l'île de Ré et des îles Chausey ; enfin cette même espèce a été signalée en Portugal (Locard).

Groupe de l'*H. lineata*.

Helix lineata, Olivi.

Helix lineata, Olivi, 1799. *Zool. Adriat.*, p. 77. — Locard, 1894. *Coq. terr.*, p. 230, fig. 305-306.

L'*Helix lineata* est une forme qui, actuellement, est assez répandue autour de Paris. Elle y est généralement peu typique, le galbe s'étant assez surbaissé pour donner à la coquille un aspect plus globuleux que réellement conique. Le test est moins épais, moins solide et moins brillant, les bandes généralement plus étroites et moins chaudement

colorées que chez les échantillons de l'Ouest et du Midi.
Diam. : 12-15 millim. ; haut. : 10 1/2 12 1/2 millim.

Cette espèce vit en colonies peu populeuses, sur les tiges,
le long des talus des fortifications : boulevard Victor ; square
Alboni, à Passy ; champs et talus à Gentilly et près le fort
de Montrouge ; Charenton, bords de la Marne ; Sennevières,
près Nanteuil-le-Haudouin.

L'*H. lineata* est une forme répandue sur le littoral de la
Méditerranée et de l'Océan Atlantique. Nous le connaissons
dans les Alpes-Maritimes, à l'île Sainte-Marguerite, dans le
Var, les Bouches-du-Rhône, le Gard, l'Hérault, la Haute-
Garonne, le Gers, le Lot-et-Garonne, aux îles de Ré et
d'Ouessant, dans les départements de la Vendée, d'Indre-
et-Loire, de la Gironde, de la Charente-Inférieure, de
Maine-et-Loire, du Calvados, de la Seine-Inférieure, etc.
Elle habite également l'Espagne (Servain, Westerlund), le
Portugal (Locard), l'Algérie et la Sicile (Bourguignat, Wes-
terlund).

Helix melantozona, Cafici.

Helix melantozona, Cafici, *in* Locard, 1894. *Coq. terr.*, p. 231, fig. 307-308.

Cette belle espèce, au galbe si caractérisé, habite le Midi
et le littoral océanique de la France. Le seul échantillon
que nous possédions a été recueilli, il y a quelques années,
sur les luzernes, aux environs du fort de Montrouge. Il est
d'ailleurs parfaitement conforme, comme galbe et comme
coloration, à d'autres individus de l'Ouest ou du Midi de la
France. Depuis lors, nous l'avons récolté assez abondamment dans les carrières d'Arcueil ; mais, en général, les
échantillons sont de taille un peu faible, la spire tend à être
moins conique, et les bandes décoratives sont moins chaudement colorées.

A. L.   3

L'*Helix melantozona* est une forme peu commune, habitant le Midi de la France, et remontant le long des côtes de l'Atlantique. Nous l'avons également signalé au pied de la Roche-Servière à Beaulieu, dans le département de Maine-et-Loire.

Helix Germaini, Locard.

Helix Germaini, Locard, 1902. *Mss.*

Cette espèce, qui se rapproche de l'*Helix agna*, Hagenmüller[1], habite les talus des fortifications, près la gare d'Auteuil à Paris, et un champ près le fort de Bicêtre. Elle est très peu abondante.[2] Quoiqu'elle n'ait pas été signalée

---

[1] Hagenmüller, *in* Locard, 1882. *Prodr.*, p. 116 et 344. — Locard, 1894. *Coq. terr.*, p. 232.

[2] *Helix Germaini*, Locard, mss., 1902. « Coquille d'un galbe globuleux-conique, plus large que haut, bombé en dessous, conique légèrement tectiforme en dessus; spire à tours très faiblement convexes, à croissance un peu lente, progressive, le dernier très notablement plus grand, bien arrondi, s'ovalisant à peine à l'extrémité, très faiblement déclive vers l'ouverture; suture très peu accusée; ombilic petit, profond, à peine évasé à sa naissance; ouverture oblique, assez échancrée par l'avant-dernier tour, presque circulaire ou à peine ovalaire-transverse; péristome droit, très faiblement réfléchi vers l'ombilic, aigu, avec un double bourrelet interne, passant du roux carnéolé au brun; test solide, un peu aminci, subcrétacé, d'un blanc grisâtre peu brillant, muni de une à trois bande brunes étroites, infra-médianes, la bande supérieure parfois continuée en-dessus vers la suture, orné de stries fines, serrées, un peu irrégulières; sommet brunâtre. — Hauteur : 9-9 1/2 millim.; diam.: 11-13 millim.

« Cette élégante espèce doit prendre place à la suite l'*H. agna*, Hagenmüller, dans le groupe de l'*H. lineata*. Elle diffère de l'*H. agna* par son galbe moins conique, plus globuleux dans son ensemble, avec la spire moins haute, moins étagée, faisant par conséquent paraître la suture moins profonde; par son dernier tour plus haut et bien arrondi; par son ouver-

dans la faune méridionale, son faciès général est tel qu'il se rapproche indubitablement des formes que nous signalons et qu'il nous semble intéressant de lui faire prendre place ici, mais il nous est impossible de dire si c'est une espèce normalement méridionale acclimatée dans le bassin parisien, ou si c'est une modification profonde d'une espèce déjà existante, comme l'*Helix agna* par exemple. L'*Helix agna* n'a pas encore été signalé dans le bassin de Paris; mais nous le connaissons dans les départements du Var, des Bouches-du-Rhône, de l'Hérault, du Gard, de la Haute-Garonne, de la Vendée, en Algérie, en Tunisie et en Sicile.

Helix fœdata, HAGENMÜLLER.

Helix fœdata, Hagenmüller, *in* Locard, 1882. *Prodr.*, p. 116 et 341. — Locard, 1894. *Coq. terr.*, p. 232.

Nous ne possédions, jusqu'en ces derniers temps, qu'un seul échantillon de cette espèce, recueilli mort en 1898, aux environs du fort de Montrouge. Il est de belle taille (diam. : 18 millim. ; haut. : 15 millim.), bien adulte et absolument conforme à d'autres types du Midi. Nous en avons récolté tout récemment de beaux spécimens à Arcueil, près de l'Aqueduc, de très belle taille, mais avec une tendance à avoir la spire un peu moins haute, un peu moins conique que les échantillons du Midi de la France et de l'Algérie.

Nous connaissons l'*Helix fœdata* dans les départements du Var, des Bouches-du-Rhône, du Gard, de l'Aude, de la Haute-Garonne, des Pyrénées-Orientales et, sur le littoral océanique, de la Loire-Inférieure. Cette même espèce est

ture plus circulaire et plus encochée par l'avant-dernier tour; par son péristome avec ses bourrelets internes multiples et distincts; par son test un peu moins épais avec des stries plus fines et plus rapprochées; etc. »

également très répandue en Algérie (Bône, La Calle, Bougie, etc...) et en Tunisie[1] (Feriana, Tebessa, etc...) [Letourneux et Bourguignat].

Helix fœdatina, LOCARD.

Helix fœdatina, Locard, 1892. *Coq. terr.*, 1894, p. 232.

Une colonie populeuse de cette espèce habite sur les chardons, au bord de la route de Choisy-le-Roi à Créteil, tout contre le passage à niveau du P-L-M. Les individus de taille moyenne (haut. : 10 1/2-12 millim. ; diam. : 12 1/2-15 milim.), sont bien typiques comme galbe ; leur test blanc, opaque, monochrome, subcrétacé, est beaucoup moins brillant et moins solide que chez les coquilles méridionales.

Outre la station de Choisy-le-Roi, nous signalerons encore le Bois de Meudon.

L'*Helix fœdatina* nous est connu dans les départements des Alpes-Maritimes, du Var, de Vaucluse, du Gard, de l'Aveyron, de la Gironde, de la Charente-Inférieure, de la Loire-Inférieure, de la Manche et du Pas-de-Calais. Il vit également en Algérie et en Tunisie.

Helix Tabarkana, LETOURNEUX et BOURGUIGNAT.

Helix Tabarkana, Letourneux et Bourguignat, 1887. *Prodr. Malacol. Tunisie*, p. 51. — Locard, 1894. *Coq. terr.*, p. 233.

Le type à été découvert dans l'île de Tabarka, en Tunisie, par M. le Conseiller Letourneux. Nos échantillons du square Alboni, à Passy, sont de petite taille, assez voisins

---

[1] Letourneux et Bourguignat ont signalé, en Tunisie, une var. *major* à Béjà (Hagenm.) et au Djebel Reças (Letourn.) et une var. *minor* à Tebourba (Letourn.) de cette espèce [Letourneux et Bourguignat, 1887. *Prodr. Malacol. Tunisie*, p. 54].

du type, quoique d'un galbe plus globuleux, à test mince, blanc jaunacé, peu brillant, orné de 1-4 bandes brunes pâles et étroites.

L'*Helix Tabarkana* ne nous est connu que du square Alboni, où il formait, en 1898, une colonie peu populeuse sur une touffe de *Fœniculum officinale*, L. Depuis, les travaux entrepris pour la construction du Métropolitain ayant modifié considérablement cette station, l'espèce a entièrement disparu.

Cette Hélice ne s'éloigne que difficilement des côtes. Nous la connaissons sur le littoral miditerranéen (Alpes-Maritimes, Var), et dans le département de la Haute-Garonne, d'où elle remonte sur les côtes de l'Océan Atlantique (Vendée, Loire-Inférieure, Finistère) et même de la Manche (Ille-et-Vilaine, Manche.)

Helix Trapanica, BERTHIER.

Helix Trapanica, Berthier, *in* Locard, 1894. *Coq. terr.*, p. 234.

Nous ne possédons qu'un seul échantillon de cette espèce, recueilli vivant, sur la tige d'une graminée, dans un champ près du viaduc d'Arcueil. C'est une coquille de grande taille, mesurant 17 1/2 millim. de diamètre pour 16 1/2 millim. de hauteur, au galbe conique-globuleux, très fortement conique en dessus et très bombé en dessous. Le test est blanc, brillant en dessus, jaunacé en dessous, finement et très irrégulièrement strié, orné de deux bandes brunes étroites, l'une supracarénale, l'autre très exactement carénale, toutes deux élargies au voisinage de l'ouverture.

Nous connaissons cette même forme dans les Bouches-du-Rhône, le Gard, l'Hérault, et à l'île de Ré [1].

---

[1] Une autre forme voisine, mais de taille plus petite, l'*H. didymopsis*, P. Fagot *(in* Locard, 1882. *Prodr.*, p. 116 et 345. — Locard, 1894. *Coq. terr.*,

Genre Cochlicella, Risso.

Cochlicella barbara, Linné.

Helix barbara, Linné, 1758. *Syst. Nat.,* éd. X, p. 773.
Cochlicella acuta, Locard, 1894. *Coq. terr.,* p. 238, fig. 321.

Le *Cochlicella barbara* a été plusieurs fois recueilli aux environs de Paris. Bourguignat l'a autrefois récolté dans Paris même, au quai de Javel[1], et M. Mabille en a trouvé de très beaux échantillons dans les îles de la Seine, un peu au-dessous du viaduc d'Auteuil. Ce sont là des faits exceptionnels, et cette espèce, sans doute apportée avec les bateaux marchands faisant le service du Havre, n'a pu se maintenir. Elle a également disparu des environs de Lyon où l'un de nous l'avait récoltée en 1876[2].

Le *Cochlicella barbara* est une coquille essentiellement maritime et subcosmopolite que l'on rencontre aujourd'hui sur tout le littoral maritime français.

p. 234, fig. 309, 310) a été récemment observée par M. Rousseau à Simon-la-Vineuse en Vendée; on ne la connaissait que dans les Alpes-Maritimes, le Var, l'Aude, l'Hérault et la Dordogne.

[1] Locard (A.), 1882, *Contrib.,* IV, p. 14.
[2] Locard (A.), 1882. *Loc. cit.,* p. 14.

CONCLUSIONS

Voici donc toute une faunule, comprenant une cinquantaine d'espèces, appartenant normalement à la faune méridionale et qui, cependant, ont toutes été recueillies aux environs de Paris. Quelques unes ont été récoltées mortes et en petit nombre, mais la grande majorité vivent en colonies populeuses, dans les localités que nous avons signalées dans la première partie de ce travail. Ces introductions sont certainement de date récente, aucun des anciens auteurs, Geoffroy[1], Poiret[2], Brard[3], Pascal[4], ayant traité de la Malacologie parisienne, n'en ayant fait mention. En 1870, M. Mabille[5] ne pouvait encore recueillir que quelques rares *Helix ademata* dans la Plaine Saint-Denis et, en 1878, M. le Dr Jousseaume[6] ne signale que les *H. variabilis* et *H. Pisana.*

[1] Geoffroy, *Traité sommaire des coquilles tant fluviatiles que terrestres, qui se trouvent aux environs de Paris,* Paris, 1767, in-12, 144 p. Ouvrage parfois accompagné de 3 pl. gravées par Duchesne. — Traduction allemande par Martini. Nüremberg, 1767, in-8.

[2] Poiret (J.-L.-M.), *Coquilles fluviatiles et terrestres observées dans le département de l'Aisne et aux environs de Paris,* Prodrome, Paris, avril 1809, in-12, 119 p.

[3] Brard (C. P.), *Histoire des coquilles terrestres et fluviatiles qui vivent aux environs de Paris,* Paris et Genève, 1815, in-12; 10 pl. color.

[4] Pascal, *Catalogue des Mollusques terrestres et des eaux douces du département de la Haute-Loire et des environs de Paris,* Paris, 1873, gr. in-8, 81 p.

[5] Mabille (J.), 1870. *Histoire malacologique du bassin parisien ou histoire naturelle des animaux Mollusques terrestres et fluviatiles qui vivent aux environs de Paris,* 1er fasc., 1 vol. gr. in-8, 2 pl. color.

[6] Jousseaume (Dr), Faune malacologique des environs Paris, *In Bull. Soc. Zool. France,* 1876 à 1881, in-8, avec pl.

C'est, comme on le voit, une modification profonde et récente dans l'allure normale, autochtone de la faune du bassin parisien, et dont il y aura désormais lieu de tenir compte lorsqu'un nouveau catalogue en sera dressé. Toutes ces espèces sont-elles définitivement acclimatées ; cela nous paraît très probable, au moins pour la plupart d'entre elles ; en effet, il en est quelques-unes, sans doute parmi les plus anciennement introduites, qui ont pu donner naissance à des colonies très populeuses, montrant bien qu'elles ont eu à subir les rigueurs de plusieurs hivers consécutifs. Ajoutons que bien certainement cette liste est loin d'être close, et qu'avec le temps de nouvelles observations permettront de l'accroître encore [1].

Examinons maintenant dans quelles conditions cet élément nouveau de la faune parisienne se présente, et quelles conclusions on est en droit d'en tirer.

I

Nous observerons que notre faunule introduite peut être groupée en plusieurs sections dont chacune correspond à une station constituant un milieu géographique différent. Nous étudierons d'abord, avec quelques détails, chacune des stations principales.

1º Bords de la Marne (rive droite), entre le confluent et Joinville-le-Pont. — Cette station offre des particularités topographiques très spéciales. Le cours de la Marne, encom-

---

[1] C'est ainsi qu'il faut probablement ajouter à cette liste le *Zua Locardi*, Pollonera (Pollon., 1885. *Moll. Piem.*, p. 21) que nous ne connaissons que dans le Sud-Est de la France et en Italie, et que M. le marquis de Monterosato nous a adressé tout récemment, comme ayant été trouvé dans le bois de Boulogne.

bré de nombreuses îles boisées offre, sur la rive droite, des berges garnies d'une végétation luxuriante. A une vingtaine de mètres de la rivière court un talus élevé, séparant la Marne du canal latéral, et contre lequel pousse, sur le rebord sud, une riche végétation composée de nombreuses grami-- nées : *(Poa, Festuca, etc...)* entremêlées de touffes de *Rubus*, *Potentilla*, *Galium*, *Rumex*, *Urtica*, etc., etc .. C'est au milieu de ces plantes que vivent nos Mollusques introduits, d'ailleurs fort nombreux en espèces : *Helix Pisana, H. Pisanella, H. Cuttati, H. Mendranoi, H. Avenionensis, H. nemausensis, H. Xalonica, H. Canovasiana, H. lineata, H. Mendranopsis, H. limbifera, H. acomptiella, H. leviculina, etc...*

Les *Variabiliana* restent assez nettement cantonnés contre la levée faisant face à la Marne, mais les espèces du groupe *Pisana* ont rayonné et envahi les berges de la rivière où elles vivent au milieu des taillis les plus épais, en compagnie des *H. nemoralis, H. arbustorum* et de nombreux *Succinea*. Toutes ces espèces conservent un galbe très constant et voisin de celui qu'elles affectent dans le Midi. Ce fait tient, sans aucun doute, aux conditions exceptionnelles de la station : le talus, bien exposé au midi, couvert d'une riche végétation et entretenu frais par le voisinage immédiat de la Marne est un milieu évidemment favorable au développement de nos Mollusques qui trouvent là un *modus vivendi* beaucoup plus avantageux pour eux que celui des talus arides, brûlés par le chaud soleil de Provence. Cette station nous rappelle de tous points celle déjà signalée par l'un de nous aux environs de Lyon [1], sur les bords du Rhône, entre le Parc de la Tête-d'Or et le fort de la Vitriolerie, station où abondent les *Variabiliana* qui, déjà introduits en

---

[1] Locard (A.), 1882. *Contrib.*, IV, p. 11.

1840, ont pris tout à coup, entre 1880 et 1882, un remarquable développement.

Le mode d'introduction des *Hélix* de Charenton nous est parfaitement connu, au moins pour quelques-unes des espèces que l'on y rencontre ; nous en avons fait l'histoire en traitant, dans la première partie de ce mémoire, l'*H. Pisana ;* remarquons simplement que, très probablement, avec les *H. Pisana* rapportés du Midi et jetés pêle-mêle contre le talus de la Marne, se trouvaient quelques échantillons de formes affines qui ont fait souche et essaimé ensuite sur les talus, parallèlement aux *Pisana*.

2º CHOISY-LE-ROI, ROUTE DE CRÉTEIL, PRÈS LE PASSAGE A NIVEAU DU CHEMIN DE FER P.-L.-M. — La route qui, partant du pont de Choisy-le-Roi, conduit au chemin de fer du P.-L.-M., est bordée de talus assez élevés, dont l'un, exactement exposé au midi, sert d'asile à de très populeuses colonies de *Variabiliana*. Leur distribution est des plus intéressantes. Extrêmement abondants sur le talus sud, avant, mais surtout après le passage à niveau, ils deviennent de plus en plus rares si l'on s'éloigne de ce point précis : à quelques centaines de mètres, ils ont entièrement disparu[1]. La végétation de cette localité, assez luxuriante, offre surtout, outre de nombreuses graminées, des *Artemisia* et des *Carduus*, plantes sur lesquelles nos *Helix* se cantonnent de préférence. Nous avons pu voir un espace de plusieurs mètres carrés où poussaient exclusivement des chardons et littéralement envahis par les *Variabiliana*, à tel point que le sol disparaissait sous une couche blanche formée par les coquil-

---

[1] En réalité, on trouve de loin en loin, en revenant vers Choisy-le-Roi. quelques rares *Helix*, mais il est impossible d'en recueillir un seul individu sur la route de Maisons-Alfort, située à moins de 100 mètres du passage à niveau, mais *exposée au Nord*.

les. A mesure que la saison s'avance, les *Helix* qui, l'été, habitent les flancs du talus et le rebord sud de la route, descendent et se cantonnent au pied du talus, mieux abrité des vents.

Les espèces sont assez nombreuses ; parmi les plus répandues, nous citerons : *Helix ademata, H. Cyzicensis. II. Mendranopsis, H. fœdatina, H. fera, H. Guideloni, H. Avenionensis, H. Nemausensis, II. limarella, H. acomptiella, H. ericetorum*, etc.

Une particularité très remarquable chez des espèces introduites, et qui tient à la situation très favorable de la station, est la présence de var. *major* chez certaines formes comme *II. Cyzicensis, H. Mendranopsis, H. limarella*. Cette dernière espèce surtout, nous a fourni une forme *major* plus grande que toutes celles que nous connaissons du Midi.

Le mode d'introduction de cette colonie ne saurait être, pour nous, douteux ; son area l'indique suffisamment ; il faut l'attribuer au chemin de fer : les nombreuses marchandises qui arrivent du Midi par le P.-L.-M., expliquent suffisamment leur présence et le voisinage de l'important dépôt de Villeneuve-Triage ne fait que fortifier notre opinion.

3° SQUARE ALBONI A PARIS (PASSY). — Ce square, de plantation récente, est établi sur un terrain fortement en pente dominant la rive droite de la Seine. Relativement accidenté, bordé de hautes constructions, élevées au moment de l'Exposition de 1900, qui le mettent à l'abri des vents, ce square sert d'asile à des colonies très populeuses de *Variabiliana*, qui, parfois, ont complètement envahi les arbustes et les hautes Composées. On peut y observer la grande préférence de ces Mollusques pour ces hautes Composées et surtout pour les *Fœniculum*, préférence que l'un de nous a déjà signalée à propos des espèces de l'Anjou[1].

[1] Germain (L.), 1903, *Et. Moll. Maine-et-Loire*, p. 19 et p. 125.

Les *Variabiliana* du square Alboni, en général de grande taille et bien typiques, sont nombreux en espèces et vivent en compagnie de riches colonies de grandes striées. Nous citerons notamment :

Helix Cyzicensis, H. fera, H. Nemausensis, H. Avenionensis, H. Mendranopsis, H. Guideloni, H. Xalonica, H. Canovasiana, H. acomptiella, H. lineata, H. Grannonensis, H. pilula, H. papalis, H. scicyca, H. alluvionum, etc.....

Le mode d'introduction de ces espèces nous est également connu : nous verrons plus loin que les talus des fortifications nourrissent de nombreux *Variabiliana*, et nous dirons comment, selon nous, ils ont dû être introduits. Or, de l'autre côté de la Seine, en face le square Alboni, la gare de marchandises de Grenelle-Ceinture a amené de nombreuses Xérophiliennes qui ont rayonné jusque sur les quais herbeux de Javel. La construction du chemin de fer de l'Ouest (gare Saint-Lazare aux Invalides) a établi la jonction entre les deux rives du fleuve et nos espèces, suivant le chemin de fer, se sont peu à peu répandues, d'abord dans l'île des Cygnes, ensuite dans le square Alboni. Ajoutons que les travaux, entrepris pour la ligne métropolitaine n° 3, ont déjà notablement modifié l'aspect de cette station : la partie centrale du square, qui servait d'asile à de nombreuses colonies a été éventrée, et nos coquilles ont dû se réfugier vers le mur d'enceinte de la rue des Eaux.

4. Sennevières, près Nanteuil-le-Haudouin (Oise). — Nous ne reviendrons pas sur cette station que l'un de nous a étudiée avec tous les détails que comporte un tel sujet[1]. Bornons-nous à rappeler ici que, dans cette localité où la

[1] Locard (A.), 1895. *Notices conchyl.*, XXXV, Nouv. stat. esp. méridion., etc. *in L'Echange*, XI, p. 121-122.

faune malacologique est si pauvre, une riche colonie de *Variabiliana* s'était cantonnée exclusivement sur le talus sud d'un fossé bordant à droite la route conduisant de Sennevières à Chevreville. Les espèces, assez peu nombreuses mais bien typiques, sont : *Helix variabilis* (A. R.), *H. Cyzicensis* (C.), *H. lineata* (C.), *H. Mendranopsis* (C. C.) et *H. acomptiella* (A. C.) qui vivaient en compagnie d'une colonie médiocrement populeuse d'*H. ericetorum* de petite taille. Quant au mode d'introduction de ces espèces, il est des plus curieux : il faut l'attribuer à des nomades qui, ayant stationné avec leur roulotte dans cet endroit désert et éloigné de tout centre de population, ont laissé là quelques jeunes Mollusques qui ont fait souche et semblent s'être acclimatés définitivement dans le pays.

5. CARRIÈRES D'ARCUEIL. — Si quittant, à Arcueil, l'avenue de la Liberté, on se dirige vers les carrières, on pénètre bientôt dans un chemin bordé de talus qui, d'abord élevés et escarpés, ne tardent pas à s'abaisser presque au niveau de la route. C'est contre ces talus, et surtout contre l'un d'eux parfaitement exposé au Midi, que vivent, au milieu d'une belle végétation composé de Graminés, de Chardons, de Centaurées, de Rubus, etc., de populeuses colonies de *Variabiliana* qui se sont aussi un peu dispersées sur la lisière des champs qui dominent le chemin. Les espèces y atteignent une taille voisine de celle qu'elles ont normalement dans le Midi, leur galbe ne subit que des modifications légères et leur test, un peu brillant, est assez richement décoré. Nous y avons récolté quelques espèces fort intéressantes, comme par exemple : l'*H. Trapanica*, forme rare du littoral méditerranéen ; l'*H. melantozona*, gardant son galbe élevé, etc. On recueille encore, en plus ou moins grande abondance : *Helix leviculina*, *H. Nemau-*

sensis, H. Avenionensis, H. Grannonensis, H. fera, H. terraria, H. limbifera, H. subtassyana, H. mendranopsis, H. Cyzicensis, H. Xalonica, H. alluvionum, H. Salentina, H. acomptiella, H. lineata, II. fœdata, etc.

Cette colonie est en pleine prospérité et son introduction ne doit pas remonter à plus de huit ou dix ans, au dire des agriculteurs des environs que nous avons pu interroger. Sans aucun doute, ces *Variabiliana* ont été apportés avec les détritus des Halles employés pour fumer les cultures. Ils se sont alors dirigés vers les talus de la route, beaucoup mieux abrités que les champs environnants. Certaines années, d'après les cultivateurs, les coquilles sont beaucoup plus abondantes et atteignent la taille du pouce. Nous avons pu d'ailleurs observer que les formes élevées ou de grande taille *(Helix fœdata, H. melantozona, H. Salentina, H. acomptiella, etc.)* se localisent sur les talus de la partie la plus encaissée de la route ; un peu plus loin, les champs étant presque au niveau du chemin, on ne rencontre plus guère que les petites espèces si répandues dans toute la banlieue parisienne *(Helix fera, H. Grannonensis, H. Nemausensis, etc.).*

6. TALUS DES FORTIFICATIONS DE PARIS ET RÉGIONS AVOISINANTES. — Tout autour de Paris on peut observer, en plus ou moins grande abondance, suivant les localités étudiées, de riches colonies de *Variabiliana* vivant sur les talus herbeux des fortifications. En comparant les échantillons recueillis avec ceux des localités que nous venons d'étudier, on observe en général d'assez grandes différences : les coquilles des fortifications étant plus petites, moins chaudement colorées, ce qui tient évidemment à l'aridité plus grande de la station. Ici, sauf de rares exceptions, pas de taillis ni d'arbustes, mais un simple gazon, exposé en

plein soleil, parsemé de rares Chardons et de nombreux pieds de *Centaurea calcitrapa*, L., que nos *Helix* envahissent avec avidité. Les espèces sont fort nombreuses, et si quelques-unes se localisent volontiers (comme par exemple l'*H. Kalona* près de la gare d'Orléans), la plupart sont partout très répandues. Nous citerons notamment :

Helix ambielina, II. mucinica, H. limarella, H. suberis, H. Mendranoi, H. Cyzicensis, H. fera, H. Guideloni, H. Avenionensis, H. Nemausensis, H. Xalonica, H. acomptiella, H. Canovasiana, H. Jusiana, H. Mendranopsis, H. Grannonensis, H. pilula, H. papalis, H. lineata, H. limbifera, H. Germaini, etc., etc.

En dehors des fortifications, la grande majorité de ces espèces se retrouvent dans toutes les communes de la banlieue parisienne : elles abondent à Ivry, Gentilly, Bicêtre, Arcueil, Montrouge, Malakoff où elles ont rayonné jusqu'au delà du plateau de Châtillon [1] !., à Issy-les-Moulineaux, Boulogne, etc. Elles sont moins répandues dans la banlieue nord et du côté de la plaine Saint-Denis, mais on les retrouve abondantes à Nogent, au Perreux, à Joinville, à Charenton, et même à Vincennes où elles sont beaucoup plus rares et n'existent pas dans le bois.

Dans toutes ces localités, les *Variabiliana* recherchent les talus abrités et exposés au Midi ; sur telle route où ils abondent sur le talus sud, il sera impossible d'en trouver un seul échantillon sur le talus nord. Ce fait est des plus caractéristiques, et nous avons eu maintes fois l'occasion de le constater. Mais en outre, il arrive que, presque toujours, ces colonies nouvelles, même lorsqu'elles deviennent populeuses, sont très localisées, soit parce que leurs éléments constitutifs n'ont pas encore eu

[1] Le plateau de Châtillon a surtout donné asile à l'*II. fera.*

le temps de se disperser, soit parce qu'elles éprouvent quelques difficultés à retrouver plus loin un milieu aussi propice à leur développement.

II

Les causes très multiples qui président à de telles migrations peuvent se grouper sous deux chefs principaux : causes naturelles, causes accidentelles.

Les Mollusques se déplacent parfois lentement, suivant de préférence les lignes isothermes, et gagnant de proche en proche, se fixent plus ou moins loin de leur habitat normal, ainsi que nous aurons occasion de le voir plus loin. Si de telles migrations peuvent expliquer la présence d'espèces méridionales sur certains points, on ne saurait s'en contenter pour la banlieue parisienne. C'est encore à ces mêmes causes que l'on peut attribuer l'extension lente et progressive d'un grand nombre de formes malacologiques normalement méridionales et qui pourtant, sous l'influence bienfaisante du gulf-stream, ont pu remonter tout le littoral océanique et même les bords de la Manche, jusque dans le Pas-de-Calais, franchissant des cours d'eaux comme la Gironde, la Loire, la Seine. Il est du reste à remarquer que plus on s'éloigne du centre d'origine, plus le nombre des espèces ainsi dispersées devient restreint, tout en donnant lieu parfois à des colonies très populeuses, lorsque la nature des milieux vient à favoriser les conditions de développement de ces espèces.

Les causes accidentelles sont fort nombreuses : en dehors des déplacements volontaires ou tentatives d'acclimatation faites par les naturalistes eux-mêmes, et dont il nous serait

facile de citer de nombreux exemples[1], il faut surtout tenir
compte des apports faits, soit avec les fourrages, soit avec
les légumes importés en si grande quantité du Midi depuis
quelques années, soit avec tout autre véhicule.

C'est ainsi que l'*H. Pisana*, qui a si bien prospéré à Charenton, doit son acclimatement, ici involontaire il est vrai,
à la main de l'homme. Mais la grande, l'immense majorité
des *Variabiliana* introduits aux environs de Paris, l'ont été
avec les marchandises transportées par chemin de fer.
Depuis quelques années surtout, les légumes du Midi de la
France, de l'Algérie, de l'Espagne sont expédiés aux halles
de la capitale en quantités considérables : ces légumes, les
feuilles de salade notamment, donnent facilement asile à de
nombreuses coquilles jeunes, peut-être même à des œufs qui,
rejetés avec les débris maculés et invendables, ont rapidement prospéré et donné naissance à de nombreuses colonies[2].
Il importe d'ailleurs de remarquer que ces introductions ne
viennent pas uniquement du Midi, mais encore avec les
nombreux légumes exportés de l'Ouest de la France, de la
Normandie, de la Bretagne ou de l'Anjou. Les coquilles
ainsi transportées, ayant déjà subi un premier acclimate-

[1] Nous rapporterons ici un curieux fait d'acclimatation de Mollusques du
fait volontaire de la main de l'homme. En 1883, M. Roy, cultivateur au
Moulin-à-Vent près Lyon, très épris de toutes choses touchant à l'histoire
naturelle, avait lâché dans son jardin un petit lot d'*Helix Lucorum* (Linné,
1758. *Syst. nat.*, éd. X, p. 773) ; cette espèce vit comme on le sait, dans
l'Italie septentrionale et centrale, dans le Piémont, la Lombardie, la Tos-
cane et jusqu'en Vénétie, jouant dans ces pays le rôle de notre *H. pomatia*.
Malgré la différence de latitude, ces *H. Lucorum* se sont développés en
telle abondance, qu'à diverses reprises M. Roy a dû leur faire la chasse·
Malgré les rigueurs de plusieurs hivers survenus depuis vingt ans, la colonie continue à être des plus prospères. Une telle observation peut avoir
son importance au point de vue de l'élevage et de la domestication des
escargots.

[2] C'est ainsi qu'ont été introduits les *H. Pisana* des environs de Lyon.
Locard (A.), 1881. *Variat. Malacol. Bassin Rhône*, t. II, p. 130.

ment sur les côtes, sont plus robustes, supportent beaucoup mieux leur nouvel habitat et restent toujours plus typiques.

De l'enquête à laquelle nous nous sommes livrés, aux Halles mêmes de Paris, il résulte que les détritus de toutes sortes qui encombrent les chaussées après la vente en gros du matin, dite du carreau, sont transportés d'abord sur les quais de la Seine, à Javel. Ce premier service a surtout lieu le matin vers 9 heures ; un deuxième service, vers 4 heures après-midi, n'apporte guère que les résidus des marchés de quartiers.

Aussitôt, ces détritus (feuilles maculées de choux, de salade, légumes et fruits invendables ou avariés, pailles et enveloppes de toutes sortes ayant servi à l'emballage des légumes exportés, etc.), sont chargés sur les wagons de la Compagnie de l'Ouest et d'abord garés à Grenelle. De là ils sont dirigés dans toutes les localités de la banlieue parisienne où ils sont vendus comme engrais aux cultivateurs et maraîchers. Dès lors, les jeunes Mollusques qui étaient restés au milieu de ces débris reprennent après avoir, ainsi que nous le verrons plus loin, subi un temps d'arrêt, le cours interrompu de leur développement normal, surtout s'ils ont été déversés dans un milieu propice ; les uns se développeront sur place, d'autres iront chercher un habitat suffisamment abrité et bien à leur convenance ; qu'il vienne ensuite une série d'hivers progressivement rigoureux et l'acclimatement sera définitif. D'ailleurs l'afflux *continu* de légumes dont les débris sont invariablement expédiés en des points fort éloignés de la banlieue parisienne et répandus sur les sols les plus divers favorise singulièrement l'introduction des *Variabiliana* et étend constamment leur aire de dispersion, la disparition d'une colonie étant rapidement compensée par l'apparition sur un autre point, d'une nouvelle colonie plus prospère. Enfin, les chances de propagation sont encore accrues par ce fait que les légumes du Midi entrent surtout à Paris pendant la belle saison.

Les données précédentes expliquent également la distribution topographique si curieuse des *Variabiliana* autour de Paris. On les observe en effet, abondamment tout le long de voies ferrées (et, en particulier, dans Paris même, sur les talus des fortifications où évidemment nos *Helix* ont suivi le chemin de Ceinture), d'où ils ont ensuite essaimé dans les terrains voisins, à mesure que l'on utilisait les engrais apportés par le chemin de fer.

Mais si tel a été, dans l'immense majorité des cas, le mécanisme de l'introduction, de l'acclimatement et du rayonnement des espèces méridionales dans la région parisienne, il n'en est pas moins vrai, qu'exceptionnellement, cet acclimatement et ce rayonnement ont pu avoir d'autres causes. Parfois nos Mollusques déjà acclimatés se sont déplacés lentement d'eux-mêmes[1]; d'autres fois les oiseaux ont transporté avec eux, pour la construction de leur nid ou pour tout autre motif, des brindilles où adhéraient de jeunes coquilles : celles-ci ont formé de nouvelles colonies qui n'ont pas tardé à prospérer. Dès 1860, Lea avait observé un fait analogue : cet auteur vit se développer, dans une citerne, des *Physa gyrina* Say, dont les œufs avaient été apportés par des oiseaux[2].

[1] Nous citerons le bel exemple suivant de déplacement lent que nous avons pu observer dans nos environs. Les bords de la Marne, entre la station des bateaux à vapeur du pont de Charenton et les moulins d'Alfort à 5 ou 600 mètres plus bas, sont tellement fréquentés le dimanche par les promeneurs, que l'herbe est entièrement foulée, les talus dénudés, etc. La colonie de *Variabiliana* s'est lentement déplacée et, aujourd'hui, elle prospère à 1 kilomètre plus bas, au milieu d'une végétation beaucoup plus luxuriante et dans une localité bien moins fréquentée. Ici, une influence que l'on pourrait appeler dynamique a obligé la colonie à un déplacement lent, mais continu.

[2] Lea, *Proceed. of the Acad. of Sc. of Philadelphia*, mai 1860; tir. à part, Philadelphie, 1862, p. 11.

Dans une vaste excavation creusée aux environs de Lyon et remplie d'eau de pluie ou d'infiltration, on a vu se développer de nombreuses coquilles de *Physa acuta* et de *Limnæa limosa* provenant sans nul doute d'œufs ou de jeunes transportés des mares voisines par les oiseaux[1]. Le plus bel exemple de transport de ce genre que nous connaissions est celui du *Limnæa raphidia*, espèce de Dalmatie retrouvée dans le lac de Silan, près de Nantua. Quelque oiseau migrateur a sans doute un jour apporté avec lui, fixé à ses pattes, un paquet d'œufs qui, déposés dans les eaux du lac, ont prospéré et donné naissance à une petite colonie de cette Limnée étrangère[2].

Les fourrages souvent transportés par les soins de l'administration militaire ne sont pas toujours étrangers à de telles introductions. A Lyon, toute une petite faunule méridionale a été introduite en 1870-1871, avec des fourrages destinés aux grandes casernes de la Part-Dieu[3]. Aux environs d'Ardenay dans la Sarthe[4] et de Champtocé dans le Maine-et-Loire[5], le *Cochlicella barbara* a été, selon toute vraisemblance, apporté avec les fourrages militaires et, s'il ne s'est pas colonisé dans la première localité, il s'est parfaitement

---

[1] Locard (A.), 1881. *Variat. Malacol. Bassin Rhône*, t. II, p. 140.

Les Oiseaux apportent, souvent de fort loin, des coquilles *absolument étrangères* au pays. Tel est le cas de ce *Triphoris perversa* recueilli à Allevard, dans l'Isère, par M. Falsan. [Locard (A.), 1881. *Loc. cit.*, t. II, p. 138].

[2] Locard (A.), 1892. *Infl. milieux var. Malacol.*, p. 105.

[3] Locard (A.), 1882. *Contrib.*, IV, p. 21.

Même dans les fourrages comprimés, on trouve parfois des coquilles vivantes [Locard (A.), 1881. *Variat. Malacol. Bassin Rhône*, t. II, p. 141. Nous avons recueilli à Angers, chez un marchand de produits d'Espagne et d'Algérie, de magnifiques échantillons d'*H. arenarum*, Brg. et d'*H. lineata*, Ol. parfaitement vivants.

[4] Morin (P.), 1883. Note rév. Moll. Sarthe, *inBull. Soc. Agr. Sc. Arts Sarthe*, XXIX, p. 402. — Morin (P.), 1891. *Essai faun. malacol. Sarthe*, p. 36.

[5] Germain (L.), 1903. *Etude Moll. Maine-et-Loire*, p. 129.

acclimaté dans la seconde[1]. Un autre exemple curieux nous est fourni par l'*Helix Numidica*, espèce africaine qui, introduite par des navires chargés de céréales, a d'abord été constatée au Château-d'If et à Montredon près de Marseille[2]. De là cette coquille, grâce au climat favorable, n'a pas tardé à se propager et aujourd'hui, sans être commune, on peut la recueillir assez abondamment autour de Marseille, d'Aix-en-Provence, etc... C'est encore à une intervention toute fortuite probablement d'un navire chargé de marchandises ou de poissons, que l'on doit l'introduction, aux environs de Quimper, de l'*Helix Quimperiana*, forme maritimo-pyrénéenne que l'on ne connaît dans aucune station intermédiaire.

D'autre part, l'extension considérable prise dans les grandes villes par les gares de marchandises constitue un excellent facteur de propagation. A Paris, aux gares d'Orléans, de Lyon, du Montparnasse, les wagons chargés de denrées provenant du Midi ou de l'Ouest séjournent tout contre les talus des fortifications. Evidemment, comme l'un de nous l'a observé à Lyon, dans des conditions identiques[3], les Mollusques jeunes ou leurs œufs fixés sur des détritus de toutes sortes, apportés par la main de l'homme, roulés par les vents, véhiculés par les oiseaux ou les pieds des animaux, arrivent facilement aux talus voisins et s'y propagent plus ou moins rapidement.

Mais de tels faits n'ont été, autour de Paris du moins, que l'exception et c'est à l'utilisation comme engrais des détritus et légumes avariés des Halles, expédiés en tous les points de la banlieue parisienne que nous devons l'existence d'une

---

[1] Signalé dès 1813 par Millet, sur les ruines du vieux château de Champtocé. Millet (P.-A.). — *Moll. Maine-et-Loire*, 1813, p. 41.

[2] Bourguignat (J.-R.), 1860. *Malacol. Château d'If*, p. 17.

[3] Locard, 1882, *Contrib.*, IV, p. 21.

telle faunule. Ici encore, l'homme s'est chargé, involontairement il est vrai, d'acclimater en moins de trente années près de cinquante espèces de Mollusques absolument étrangers à la faune du pays.

III

Malgré le nombre de formes que nous avons eu à signaler, les espèces introduites autour de Paris constituent un groupe bien délimité. Nous n'avons en effet, rencontré aucune coquille appartenant aux groupes des *Helix trepidula*, *Panescorsi*, *cespitum*, etc. Cependant sur le littoral de l'Atlantique, l'*Helix sphœrita*, Hartmann[1], du groupe de l'*H. Panescorsi*, Ber.[2], remonte jusqu'à Locmariaker dans le Morbihan[3] et l'*H. cespitum* rencontré à Lyon[4] se retrouve sur les côtes océaniques jusque dans le Morbihan[5], sous une forme un peu différente, il est vrai, constituant l'*H. Armoricana*, Bourguignat[6]. Ce même *H. cespitum* est, ainsi que l'a dit Gassies[7], fort bien acclimaté dans tout le Sud-Ouest et se retrouve un peu partout sur le littoral entre la Gironde et la Loire.

L'acclimatement des Mollusques n'a pas lieu partout avec

[1] Hartmann, 1840. *Erd. und Suessew. Gaster.*, I, p. 147, pl. 46, fig. 4-6.
[2] Berenguier, 1883. *Malacol. Var*, Ad., p. 4.
[3] Bourguignat (J.-R.), 1860. *Malacol. terr. et fluv. Bretagne*, p. 58.
[4] Locard (A.), 1882. *Contrib.*, IV, p. 9.
L'*H. cespitum* récolté à la Mouche, à Lyon, en octobre 1882, mesurait 24 millim. de diam. et 15 millim. de hauteur, c'est-à-dire qu'il atteignait la taille ordinaire des individus du Var et des Alpes-Maritimes.
[5] Bourguignat (J.-R.), 1860. *Malacol. terr et fluv. Bretagne*, p. 57.
[6] Locard (A.), 1882. *Prodr. Malacol. franç.* p. 100 et p. 327.
[7] Gassies, 1880. Des causes de disp. cert. esp. Moll. terr. dans la Garonne et de l'acclimat. de cert. autres, *in Bull. Soc. Borda*, 2e trim. (tir. à part, p. 7).

la même facilité : il dépend généralement d'un ensemble de circonstances assez difficiles à préciser et tient souvent aussi à la nature même de l'espèce introduite. Quelques coquilles se naturalisent facilement : tel est le cas du Sténogyre [*Stenogyra (Opeas) Goodalli*, Miller] de la Guadeloupe qui, introduit d'abord en Angleterre aux environs de Bristol, s'est propagé aux environs de Manchester et de Londres, notamment dans le square de Kensington-Palace, sur les plantations de pins[1]. Telles sont encore les *Stenogyra (Opeas) octonoides*, Adams, originaire des Antilles et de la Guyane; enfin *Stenogyra (Spiraxis) venusta*, Morelet, espèce découverte en 1860 par Eudel, à Saint-Pierre de la Réunion introduits avec les plantations dans les serres du Museum de Paris et qui s'y sont parfaitement développés, comme l'a montré M. Dautzenberg[2].

D'autres espèces disparaissent au contraire rapidement dès que l'on tente de les acclimater. Si les Chartreux des environs de Metz ont pu, dans le seul but de les utiliser pour l'alimentation, introduire et en quelque sorte cultiver l'*H. aspersa* qu'ils importaient du Dauphiné[3], si Gassies[4] a réussi à acclimater, au moins partiellement, des *Leucochroa candidissima* rapportés d'Oran et de Boghar (Algérie), dans la propriété de Bel-Air près d'Agen[5], M. Mabille a vu ce même *Leucochroa* disparaître entièrement des environs de

---

[1] Gray, *in* Turton, *Manual*, 2ᵉ éd., 1840. — Bourguignat (J.-R.), 1877. *Deux nouveaux genres algériens, etc.*, p. 68, n° 26.

[2] Dautzenberg (P.), 1896. *Recherches Zool. sur serres Museum Paris,* V, *Mollusques, in Feuille J. Natural.*, 1ᵉʳ avril, n° 306, p. 114.

[3] Puton, 1847. *Moll. Vosges*, p. 9 (note en bas de la page).

[4] Gassies, 1880. *Loc. cit.*, in *Soc. Borda*, à part, p. 8.

[5] Les *Leucochroa* ainsi introduits sont de taille médiocre et « éprouvent, assez généralement, une tendance au scalarisme, à la disjonction des sutures, et il n'est pas rare de rencontrer des individus dont les tours sont presque tous élevés en rampe d'escalier. » (Gassies, *loc. cit.*, p. 8.) Nous avons observé le même phénomène dans deux belles colonies de *Leuco-*

Jaulgonne (Aisne) où ce savant avait tenté son introduction[1]. Les nombreuses coquilles de *Rumina decollata* que l'on avait, à deux reprises différentes, répandues dans un jardin des environs de Lyon ne se sont pas maintenues; au bout de deux ans il n'en restait plus trace[2].

Nous pourrions multiplier ces exemples ; citons seulement en terminant ce fait des plus curieux : un grand nombre d'espèces européennes ont été introduites aux Etats-Unis de l'Amérique du Nord et font maintenant partie de la faune du pays, notamment *Helix nemoralis*, *H. Hortensis*, *H. Cantiana*, etc., *Rumina decollata*, etc.[3]; cependant les *Variabiliana* et les *Pisana*, n'ont pu s'acclimater d'une manière définitive[4]. Ces espèces ne peuvent se maintenir et ne tardent pas à s'éteindre entièrement après chaque introduction[5]. Ce fait est d'autant plus curieux que la faune malacologique de l'Amérique du Nord est d'allure bien plus méridionale que notre faune française. Peut-être les *Pisania* et les *Variabiliana*, tout en pouvant s'acclimater dans un pays à climat relativement froid, ne sauraient-ils supporter un climat plus chaud, mais où les hivers sont plus rigoureux.

Les espèces méridionales acclimatées aux environs de Paris recherchent les lieux bien abrités des vents froids du Nord et de l'Est, les talus parfaitement exposés au midi, où

chroa candidissima qui vivaient aux environs d'Aix-en-Provence, sur des rochers exposés en plein midi, l'une non loin du viaduc de l'Arc, l'autre à la montée d'Avignon.

[1] Mabille (J.), 1870. *Hist. Malacol. Bassin parisien*, p. 99.
[2] Locard (A.), 1881. *Variat. Malacol. Bassin Rhône*, t. II, p. 143.
[3] Germain (L.), 1903. *Et. Moll. Maine-et-Loire*, p. 40, note 2.
[4] Voyez : Forbes, 1880. *British Assoc. rep.*, p. 145 ; *Boston Journ. Nat. hist.*, III, p. 489. — Binney (W.), 1878. *The terrest. air breath. Moll... Unit. St.* etc..., V *(in Bull. of Mus. of Comp. Zool. Cambridge*, vol. IV, p. 256 et 257.
[5] Binney (W.), 1886. A second suppl. of fifth vol... Air breath. Moll. Un. St, *(in Bull. of Mus, of Comp. Zool. Cambridge*, vol, XIII, n° 2, p. 24),

ils grimpent, bravant les chauds rayons du soleil, sur les tiges sèches des graminées. Lorsque de telles stations possèdent une belle végétation et sont, en outre, à proximité de rivières ou d'étangs entretenant une humidité constante, la colonie prospère et ses individus atteignent une forte taille ; si, au contraire, la station ne possède qu'une végétation pauvre et chétive, un sol pierreux ou siliceux, la colonie qui, quelquefois sera aussi riche en individus, se composera de coquilles de petite taille, mal venues, parfois d'une remarquable exiguïté[1]. Toutes ces espèces étant éminemment calcicoles, prendront leur plus grand développement dans les localités où le calcaire abonde (comme à Arcueil, Gentilly, etc...), elles disparaîtront là où manque cet élément. C'est aussi qu'elles n'ont pu se développer dans les bois de Clamart, de Saint-Cloud, etc... où, par suite de la présence continuelle du sable, la faune malacologique est si pauvre.

Une particularité intéressante est la préférence extrêmement prononcée des *Variabiliana* pour les chardons. Nous avons déjà, dans la partie descriptive de ce travail, signalé plusieurs fois ce fait, à Choisy-le-Roi notamment. Les chardons étant répandus à profusion sur les bords de la mer, il y a là une influence marine faible, mais indéniable. Les *Ombellifères* sèches, les *Artemisia*, les *Fœniculum*, et aussi le *Centaurea calcitrapa*, abondant sur certains talus des fortifications, obtiennent ensuite leur préférence.

---

[1] Sur les planches de clôture des terrains vagues de la rue Barrault, à Paris, les *H. fera*, *H. Avenionensis*, etc..., sont remarquables par leur petite taille.

IV

Généralement les introductions de coquilles méridionales
ont lieu, autour de Paris, vers le milieu du printemps, lorsque le transport des légumes du Midi prend sa plus grande
extension. Une telle époque est éminemment favorable à
une prompte et parfaite acclimatation : la douceur de la température à cette époque de l'année, la beauté de la végétation qui commence à envahir les localités favorables, tout
concourt à fixer les *Variabiliana* autour de nous ; cependant
le climat parisien n'est plus, tant s'en faut, celui de la chaude
Provence ; il est sujet à de brusques refroidissements incon-
nus du Midi ; aussi un tel déplacement rapide a-t-il une
influence considérable et arrête-t-il, pour un temps plus ou
moins long, le développement des coquilles. L'observation
montre que toutes les coquilles subissent alors un arrêt
brusque provenant, sans nul doute, de la différence d'habitat et de température et que, s'apprêtant alors à hiverner,
elles se construisent hâtivement un bourrelet apertural. Mais,
le Mollusque s'acclimatant peu à peu sous l'influence de la
chaude température estivale, continue jusqu'à l'automne
son développement normal interrompu et consolide son
ouverture provisoire ; il en résulte souvent la formation
d'un second bourrelet apertural construit à quelques millimètres de l'ancien. Cependant, il faudrait bien se garder
d'attribuer à un tel mécanisme tous les cas de bourrelets
multiples que l'on est susceptible de rencontrer. On observe,
en effet, chez quelques *Helix* vivant dans leur milieu
normal, la présence de ce double bourrelet ; il existe même
très fréquemment chez certaines espèces et a pu être pris

comme un caractère apertural. Nous avons observé, chez
un *Helix Salentina*, Blanc, de Choisy-le-Roi, deux bourrelets parfaitement marqués espacés de plus de 1 centimètre[1] ;
la même anomalie a été signalée chez un *H. Pisana* de
Bonifacio[2]. Jusqu'ici rien ne paraît anormal à l'extérieur ;
mais, lorsque ce phénomène déjà si curieux s'exagère, il se
développe deux ouvertures superposées : sur une première
ouverture normale, une seconde vient s'emboîter et fournir
à son tour un péristome complet, un peu moins marqué
cependant que celui de la première ouverture. Cette mons-
truosité, déjà observée par de Blainville, a été étudiée par
Carlo Porro qui la désigne sous le nom de *sopra eccitazione
di vita*[3]. Connue aujourd'hui sous le nom d'hypersécrétion
aperturale, cette anomalie a été signalée chez plusieurs
espèces, notamment chez les *Helix aspersa*, *H. lapicida*,
H. pomatia, *H. pyrgia*, *H. vermiculata*, *H. nemoralis*,
H. hortensis, *H. subaustriaca*, *Limnea turgida*, etc...[4].

Il est bien évident que les phénomènes précédents ne
s'observent qu'au moment de l'introduction dans la faune
locale d'une coquille déjà d'un certain âge, mais non encore
adulte ; chez les colonies acclimatées, les individus se déve-
loppent plus normalement ; les coquilles jeunes commen-
cent à se montrer dès la fin mai et ne progressent d'abord
que très lentement. Dès juillet, l'accroissement dans la taille
se manifeste pleinement ; cependant le péristome n'est pas

---

[1] Nous possédons un individu extrêmement jeune de l'*H. Pisana* qui a
déjà, à l'intérieur de son ouverture, deux bourrelets très marqués.

[2] Locard (A.), 1881. *Variat. malacol. Bassin Rhône*, t. II, p. 197.

[3] Porro (Carlo), 1839. *Studii su talune variazioni offerte da Molluschi
fluviatili e terrestri a conchylia univalve*, p. 19.

[4] Locard (A.), 1881. *Variat. malacol. Bassin Rhône*, t. II, p. 195-196 — Aux
exemples signalés dans cet ouvrage, nous ajouterons ceux observés par
A. Madoulé sur *H. nemoralis* et *H. arbustorum* aux Moulineaux près Elbeuf.
Madoulé (A.), 1891. Anom. obs. chez Hélices, *in Bull. Soc. Sc. Nat.
Elbeuf*, 10, p. 59.

encore formé et c'est à peine si, chez la grande majorité des individus, on observe un léger épaississement de cette partie de la coquille[1]. Nos *Helix* construisent donc leur ouverture en plein été et, vers la fin septembre, ils sont à peu près adultes presque partout. Ils vivent alors jusqu'au milieu de l'automne mais, très sensibles aux variations de température, ils disparaissent avec les premières gelées. Cependant si, à ces premiers froids, succèdent des jours plus doux et pluvieux, quelques espèces plus robustes comme les *Helix pilula, H. fera, H. Mendranoi*, se rencontrent à nouveau dans les endroits très abrités, sur les tiges desséchées des Chardons et des Centaurées; mais ces apparitions ne sont qu'éphémères, et une seconde période de froids, même légers, les fait disparaître. La date la plus extrême où nous ayons relevé de telles colonies est le 27 novembre. Quant aux individus adultes qui ont hiverné, ils n'apparaissent que bien plus tard que les espèces de la faune autochtone : le premier que nous ayons observé en 1903 a été récolté à Choisy, le 18 mars : la température s'était déjà, durant plusieurs jours, maintenue à un niveau exceptionnel pour la saison (21 degrés). Les résultats de l'accouplement des *Variabiliana* parisiens sont les mêmes que dans les pays d'origine : les individus semblent tout aussi prolifiques, les colonies tout aussi populeuses que celles que nous avons eu si souvent occasion d'observer dans les départements du midi de la France.

[1] Sur près de 1500 *Variabiliana* recueillis au milieu de juillet à Choisy-le-Roi, près le chemin de fer du P.-L.-M., nous n'avons trouvé que trois coquilles à peu près adultes.

V

En résumé, ces multiples observations montrent, qu'à part un retard en somme insignifiant dans le développement, une période d'hivernement plus longue, les *Variabiliana* se sont parfaitement acclimatés dans la banlieue parisienne, ils y ont formé des variétés, à la vérité plus robustes, plus rustiques que celles du Midi, mais supportant parfaitement désormais le climat si inégal du Bassin de Paris. Ces variétés ont subi certaines modifications que l'on observe toujours chez les types méridionaux passant dans un pays plus septentrional et qui peuvent se résumer de la manière suivante :

1° Diminution sensible dans la taille : les variétés *minor* se rencontrent volontiers, ainsi que nous l'avons signalé chez un certain nombre d'espèces : *Helix Avenionensis, H. Mendranopsis, H. acomptiella, H. fera, H. Cyzicensis, H. Mendranoi, H. limbrifera, H. leviculina,* etc.

2° Les formes déprimées ou subdéprimées tendent à devenir subglobuleuses ou même globuleuses (Ex. *H. ambielina, H. fera, H. nemausensis, etc)*, tandis que les espèces très hautes et coniques, d'ailleurs rares partout, voient leur galbe s'abaisser et deviennent globuleuses élevées ou moins franchement coniques[1]. Tel est le cas des *Helix Tabarkana, H. scicyca, H. melantozona, H. lineata, etc...*

[1] C'est à des échantillons de l'*H. limarella* et de l'*H. limbifera* possédant un galbe surbaissé, mais dont les tours sont devenus trop convexes et la suture trop profonde (par suite d'une exagération de la tendance indiquée précédemment) que l'un de nous a donné le nom d'*Helix Leontinei*, Germain, (1898. Descript. esp. nouv. Helix, in *Bull. Soc. Am. Sc. Nat. Rouen*, XXXIV, p. 197).

Nous avons déjà observé, en Maine-et-Loire, un phénomène de même ordre : les *Helix lineata* et *H. scicyca*, qui vivent sur les rochers dévoniens de la station méridionale de Beaulieu sont, tout en restant très typiques, un peu moins élevés que sur le littoral méditerranéen ; mais le climat de Beaulieu étant beaucoup plus chaud, cette tendance, à peine sensible, est bien moins marquée que chez les coquilles parisiennes.

3° Diminution dans l'épaisseur du test ; en réalité, c'est cette particularité qui est la moins constante et la moins sensible ; cependant, nous l'avons constatée généralement chez les *Helix acomptiella*, *H. scicyca*, *H. lineata*. Cette loi est cependant très normale, on l'observe presque toujours lorsque l'on compare, par exemple, les formes du Midi de la France avec les formes similaires du Maroc, de l'Algérie et de la Tunisie ; les premières ont le test normalement plus mince que les autres : ayant moins à redouter l'influence des chauds rayons solaires qui tend toujours à leur faire perdre l'humidité qui leur est si nécessaire, elles n'ont pas besoin, dans le Nord, d'édifier une demeure à parois aussi épaisses.

4° Atténuation très sensible dans la coloration. Chez les coquilles unicolores la teinte est plus pâle et ne possède pas ce brillant que l'on retrouve chez toutes les coquilles méridionales et aussi, quoique atténuée déjà, chez les Mollusques de l'Anjou. Chez les espèces ornées de bandes, ces dernières, si elles ne s'oblitèrent pas complètement, sont toujours plus étroites, moins chaudement colorées et aussi moins transparentes [1]. Souvent elles s'effacent entièrement : tel est le cas

---

[1] En Anjou, les formes fasciées comme *H. Cyzicensis*, *H. scicyca*, etc..., ont un fond blanc brillant, crétacé, orné de bandes très chaudement colorées comme dans les échantillons de la Provence [Germain, 1893. *Et. Moll. Maine-et-Loire*, p. 120-128].

de la colonie de *H. Pisanà*, de Charenton. Les individus qui, au début, étaient fasciés ont, au bout de quelques générations, complètement perdu leurs bandes ornementales : tous ont aujourd'hui un test blanc un peu jaunâtre, légèrement brillant, analogue à celui des *Helix Carpiensis*, Let. et Bourg[1], et *H. Bertini*, Bourg[2], du littoral méditerranéen. C'est à peine si, chez quelques rares échantillons, on peut distinguer quelques traces de fascies très obsolètes aux environs immédiats de l'ouverture[3]. Autour de Lyon, où l'*H. Pisana* a été également introduit, les bandes s'atténuent plus ou moins complètement, sans disparaître cependant[4] ; mais la coloration rosée de l'ouverture ne persiste pas[5], ce qui n'a pas lieu, généralement du moins, chez la coquille de Charenton[6]. Du reste, toutes les coquilles, soit terrestres soit marines, qui vivent dans les pays chauds sont toujours plus chaudement colorées et plus richement décorées que celles des pays tempérés. La faune abyssale de tous les pays conserve seule ces tons pâles, comme chlorotiques, propres à la plupart des espèces de la faune septentrionale[7].

Tandis que la très grande majorité des espèces que nous avons eu à signaler se sont parfaitement acclimatées, d'autres, en petit nombre, ne semblent qu'aberrantes, ou du moins ont eu beaucoup plus à souffrir de leur déplacement. Tel est le cas des *Helix* à galbe conique-élevé en dessus du groupe

[1] Letourneux et Bourguignat, 1887. *Prodr. Malacol. Tunisie*, p. 80 et 86.
[2] Bourguignat, *in* Locard, 1882. *Prodr.*, p. 103 et 329.
[3] On rencontre très rarement à Charenton quelques individus fasciés de l'*H. Pisana*, ils sont évidemment d'introduction récente. Tel est le cas du *seul* échantillon que nous ayons recueilli dans cette station en plusieurs années.
[4] Locard (A.), 1881. *Variat. malacol. Bassin Rhône*, t. I, p. 148.
[5] Locard (A.), 1881. *Variat. malacol. Bassin Rhône*, t. II, p. 404.
[6] A Charenton, les *H. Pisana* ont souvent l'intérieur de l'ouverture coloré en rose assez vif.
[7] Locard (A.), 1898. *Mollusques testacés du Travailleur et du Talisman*, t. II, p. 466.

de l'*Helix lineata*. Presque toutes ces formes hautes, rares partout et plus ou moins localisées [1], ne s'éloignent que difficilement des régions soumises à l'influence marine, aussi leur acclimatement ne réussit-il pas toujours. Un remarquable exemple nous est fourni par une espèce très répandue d'un genre voisin : le *Cochlicola barbara*, qui remonte fort haut sur les côtes, puisqu'on en constate la présence sur les rives de l'Angleterre et du Danemark. Cependant cette coquille, signalée maintes fois à l'intérieur, n'a pu se maintenir là où l'influence marine ne se faisait plus sentir. Elle a entièrement disparu des environs de Lyon [2] et n'a pu davantage prospérer dans la plaine d'Ardenay [3] (Sarthe). De temps à autre, on peut recueillir le *C. barbara* aux environs de Paris, le long des berges de la Seine, où il est apporté par les nombreux bateaux marchands qui font le service du Havre. C'est ainsi que Bourguignat l'a récolté sur le quai de Javel, dans Paris même [4] et que M. Mabille nous a dit l'avoir recueilli, en magnifiques échantillons, dans les îles de la Seine, un peu au-dessous du viaduc d'Auteuil. Le point le plus éloigné où nous connaissions cette espèce est jusqu'ici Champtocé, dans le département de Maine-et-Loire, où elle est abondante et où Millet l'avait signalée dès 1813 [5].

Les *Helix* du groupe du *lineata* des environs de Paris se ressentent évidemment de la grande distance de la mer et leur galbe est beaucoup plus éloigné du type que celui des

---

[1] A l'exception toutefois des *Helix lineata*, *H. melantozona*, *H. urnina*, *H. fœdatina*, qui sont des formes communes dans certaines régions méridionales.

[2] Locard (A.), 1877. *Malacol. lyonnaise*, p. 49. — Locard (A.), 1878. *Migr. Malacol. Lyon*, p. 8. — Locard (A.), 1882. *Contrib.*, IV, p. 14.

[3] Huard, *in* Morin, 1883. *In Bull. Soc. Agric. Sc. Arts Sarthe*, XXIX, p. 402. — Morin, 1891. *Faun. malacol. Sarthe*, p. 36.

[4] Locard (A.), 1882. *Contrib.*, IV, p. 14.

[5] Millet (P.-A.), 1813. *Moll. Maine-et-Loire*, p. 41, n° 4. — Germain (L.), 1903. *Etude Mollusques Maine-et-Loire*, p. 129.

autres espèces introduites. Quelques espèces, comme les
H. siscyca et *H. Tarbakana*, n'ont pas semblé pouvoir s'acclimater et, malgré nos recherches, nous n'avons pu les
retrouver au square Alboni, seule localité où nous les ayons
récoltés. Mais toutes les autres Hélices que nous avons
signalées sont bien définitivemeut acclimatées et, selon
toute vraisemblance, ne disparaîtront plus de nos environs.
Quelques-unes, très rustiques, étendent constamment leur
aire de dispersion et tendent à envahir toute la région; elles
se multiplient en telle abondance, qu'elles sont déjà une
cause d'ennui pour les cultivateurs et les jardiniers qui ne
parviennent que fort difficilement à s'en défaire.

VI

Parmi les *Xerophilæ*, les espèces voisines des *H. variabilis, H. Pisana*[1], etc... sont, pour la plupart, d'origine
récente et ne remontent guère au delà du Pleistocène[2], leurs
formes ancestrales ne nous sont pas encore bien connues.
En tous les cas, le centre d'apparition de ces coquilles paraît
être le Bassin Méditerranéen. Très abondantes sur toutes les
côtes françaises de la Méditerranée, mais surtout dans la
région provençale, elles n'ont pas traversé les Alpes qui
semblent, pour ces Hélices, une barrière infranchissable;
la plupart des formes italiennes appartiennent en effet, à
des groupes différents de ceux de la faune française. A ces
Mollusques il faut un climat relativement chaud et mari-

[1] *Helix depicta* [Grataloup, 1839. *Soc. Lin. Bordeaux*, t. XI, p. 399, pl. I,
fig. 12].—Binney (W.) [*in Bull. of Mus.Comp. Zool. Cambridge*, IV, 1878,
p. 256] considère cette coquille comme une forme naine et non ombiliquée
de l'*H. Pisana*.
[2] Locard (A.), 1882. *Var. malacol. Bassin Rhône*, t. II, p. 165.

A. L. 5

time : les hivers trop vigoureux leur sont extêmement nui-
sibles et font souvent disparaître des colonies déjà prospères ;
l'influence marine est un facteur actif et souvent indispen-
sable de prospérité : ces conditions climatériques suffisent
pour expliquer la dispersion des *Variabiliana* en France.

A côté des déplacements brusques étudiés précédemment,
nous allons constater maintenant de véritables migrations.
Ces migrations se sont faites lentement et dans deux direc-
tions :

1° Quelques espèces, à la vérité peu nombreuses, ont
remonté la vallée du Rhône, mais n'ont guère dépassé le
département de Vaucluse, quoique quelques *Variabiliana*
aient été signalés jusque dans la Drôme[1] *(H. Pisana,
H. Cyzicensis, H. Xalonica)*; telles sont, par exemple :
Helix stiparum, Rossm., *H. Vardonensis*, Loc., *H. Pisa-
norum*, Bgt., *H. terraria*, Loc., *H. Salentina*, Blanc,
H. Montgiscardiana, Fag., *H .Canovasiana*, Serv., etc.;

2° D'autres, en beaucoup plus grand nombre, suivant les
lignes ou mieux les zones isothermes, ont pénétré dans la
vallée de la Garonne et, remontant le littoral océanique,
traversant les estuaires de la Gironde et de la Loire ont,
toujours sous l'influence d'un climat dont les rigueurs
sont atténuées par l'action bienfaisante du Gulf-Stream,
franchi le cap Finistère et essaimé sur le littoral de la
Manche. Parmi ces formes méridionales qui ont ainsi émigré
jusque dans la Manche, nous signalerons : *H. sphærita*,
Hartm. (Morbihan); *H. arenarum*, Brgt. (Morbihan); *H. Au-
gustiniania*, Brgt. (Atlantique et Manche); *H. limbifera*,
Loc. (Atlantique et Manche); *H. calculina*, Loc. (Vendée,
Calvados); *H. acomptiella*, Loc. (Finistère); *H. Evenosi*,
Brgt. (Atlantique) ; *H. ademata,* Brgt. (Atlantique); *H.*

---

[1] Chatenier, 1888. *Cat. moll. terr. fluv. Drôme*, p. 20.

Mendranopsis, Loc. (Atlantique, Manche); *H. Nemausensis*, Brgt. (Atlantique, Manche); *H. Avenionensis*, Brgt. (Atlantique); *H. Guideloni*, Brgt. (Atlantique); *H. fera*, Let. Brgt. (Atlantique, Manche); *H. Grannonensis*, Brgt. (Atlantique, Manche); *H. variabilis*, Drap. (Atlantique, Manche); *H. Xalonica*, Serv. (Atlantique, Manche); *H. alluvionum*, Serv. (Atlantique, Manche) : *H. Cyzicensis*, Gall. (Atlantique, Manche); *H. Mendranoi*, Serv. (Atlantique, Manche); *H. Mendozæ*, Serv. (Atlantique, Manche); *H. papalis*, Loc. (Atlantique, Manche); *H. mucinica*, Brgt. (Atlantique, Manche); *H. scicyca*, Brgt. (Atlantique, Manche); *H. Sylvæ*, Serv. (Atlantique, Manche); *H. pilula*, Loc. (Atlantique, Manche); *H. Ogiaca*, Serv. (Atlantique, Manche); *H. migrata*, Loc. (Atlantique, Manche); *H. lineata*. Olivi (Atlantique, Manche); *H. melantozona*, Caf. (Atlantique); *H. urnina*, Loc. (Atlantique); *H. fœdata*, Hagenm. (Atlantique); *H. fœdatina*, Loc. (Atlantique, Manche); *H. Tabackana*, Let. Brgt. (Atlantique) ; etc...

Si maintenant nous cherchons à établir un parallèle entre notre nouvelle faunule adventice parisienne avec la même faunule normale observée dans d'autres pays, nous constaterons que, sur les 47 espèces que nous avons relevées jusqu'à présent, nous en retrouvons 43 sur les côtes de Provence, 12 en Tunisie, 16 en Algérie, 9 en Italie, 13 en Espagne et 18 en Portugal. D'autre part, sur les 14 espèces acclimatées dans les mêmes conditions aux environs de Lyon, 11 sont communes à ces deux régions.

En outre, il est à remarquer que les *Variabiliana* sont de moins en moins nombreux à mesure que l'on remonte vers le Nord et qu'un nombre fort restreint de formes ont pu traverser l'estuaire de la Seine. Le Morbihan et le Finistère semblent, à première vue, plus riches que les départements plus méridionaux de la Loire-Inférieure et de la

Vendée ; mais cette exception n'est qu'apparente et tient au climat exceptionnellement tempéré de la Bretagne qui bénéficie de l'épanouissement de la branche supérieure du Gulf-Stream.

Observons enfin que certains départements, qui ne sont pas littoraux, possèdent néanmoins une faune assez riche en *Variabiliana*. Tels sont le Maine-et-Loire et l'Indre-et-Loire. Cette apparente exception tient à la présence de la Loire, les coquilles introduites ayant tendance à remonter le cours des grands fleuves. Il y a là un phénomène du même ordre que celui dont nous avons parlé à propos du Rhône, mais moins marqué, par suite de la latitude plus élevée. Cette tendance s'atténue encore sur la Seine où les *Variabiliana* ne sortent pas du département de la Seine-Inférieure.

Il existe une parfaite similitude entre les phénomènes migratoires propres aux Mollusques et ceux propres aux végétaux. Partout où l'on a signalé la présence de coquilles méridionales, à Lyon [1], dans les départements de Maine-et-Loire [2], de la Loire-Inférieure [3], du Calvados [4], de la Seine-Inférieure [5], etc..., on a également constaté l'existence de plantes méridionales. Comme l'écrivait l'un de nous dès 1882 [6], il y a là une grande loi de corrélation entre le monde animal et le monde végétal que nous laissons à d'autres, plus expérimentés que nous, le soin de confirmer par de nouveaux exemples.

---

[1] Saint-Lager (D[r]), 1872. Note sur intr. quelques plantes mérid. à Lyon et dans ses environs, *in Ann. Soc. Bot. Lyon*, t. I.

[2] Boreau (A.), 1859. *Catalogue plantes vascul. Maine-et-Loire.* — Boreau (A.), 1859 à 1866. *Princip. herb. Maine-et-Loire*, 8 br. in-8, Angers.

[3] Llyod (J.), *Flore de l'Ouest de la France*, 4e édit.

[4] Corbière, *Nouv. flore Normandie.*

[5] Toussaint et Hoschedé, 1897. Flore Vernon, Toche-Guyon, etc., *in Bull. Sm. Sc. Nat. Rouen*, XXXIII, p. 103.

[6] Locard (A.), 1882. *Contrib.*, IV, p. 84.

Il semblerait que de tels faits soient contraires à toutes les notions généralement admises sur la distribution géographique des Mollusques. Il n'en est rien, cependant, et nous venons de voir que les migrations des espèces ne se font pas au hasard, mais selon des règles assez précises pour que nous ayons pu les formuler. Nous les résumerons de la manière suivante :

1° Les espèces méridionales ne peuvent s'acclimater que dans un pays possédant des conditions climatériques similaires à celles du pays d'origine ; dans les régions où la moyenne annuelle est plus faible, l'acclimatement définitif n'a lieu que si les hivers ne sont pas rigoureux ;

2° Lorsqu'une espèce méridionale, brusquement transportée dans une région plus septentrionale s'est acclimatée, elle donne naissance à des variétés plus robustes, adaptées au nouveau milieu ;

3° Les espèces méridionales, en dehors des importations brusques du fait volontaire ou involontaire de l'homme, peuvent émigrer en se déplaçant lentement, d'elles-mêmes, de proche en proche ; elles suivent les lignes ou zones isothermes ;

4° Ces déplacements n'intéressent qu'une bande littorale de faible épaisseur, les points les plus éloignés du rivage où l'on constate ces espèces restant encore soumis à l'influence maritime ;

5° L'aire de ces déplacements n'est pas illimitée : il existe une zone-limite que les Mollusques ne peuvent franchir et dont le critérium est fourni par la température au-dessous de laquelle les espèces ne peuvent s'acclimater. Pour les Hélices méditerranéennes qui vivent sur les côtes de l'Atlantique et de la Manche, cette zone-limite est comprise entre l'embouchure de la Seine et le Pas-de-Calais ;

6° Les Mollusques migrateurs, lorsqu'ils font élection

d'un domicile nouveau, choisissent toujours de préférence les stations les mieux exposées, celles qui sont le plus conformes à leur *modus vivendi* normal, et, en particulier, celles qui sont à l'abri des vents ;

7° En général, les colonies nouvelles, même lorsqu'elles sont très populeuses, sont très localisées et ne se dispersent que très lentement ;

8° Les espèces méridionales ont une tendance à remonter les vallées des grands fleuves ; elles remontent d'autant plus haut qu'elles sont plus près de leur centre de dispersion. Il en est de même des espèces subcosmopolites ;

9° La direction des fleuves n'a aucune influence sur la migration des espèces.

Lyon. — Imprimerie A. Rey, 4, rue Gentil. — 33702